Inventário do azul

João Anzanello Carrascoza

Inventário do azul

Romance

ALFAGUARA

Copyright © 2022 by João Luis Anzanello Carrascoza

Grafia atualizada segundo o Acordo Ortográfico da Língua Portuguesa de 1990, que entrou em vigor no Brasil em 2009.

Capa
Elisa von Randow

Imagem de capa
Sem título, de Laura Gorski, 2020. Nanquim dourado, pigmento e folha de jatobá sobre papel, 24 × 24 cm.

Preparação
Beatriz Antunes

Revisão
Camila Saraiva
Nina Rizzo

Dados Internacionais de Catalogação na Publicação (CIP)
(Câmara Brasileira do Livro, SP, Brasil)

Carrascoza, João Anzanello
Inventário do azul : Romance / João Anzanello Carrascoza. — 1ª ed. — Rio de Janeiro : Alfaguara, 2022.

ISBN 978-85-5652-136-1

1. Romance brasileiro I. Título.

21-94212   CDD-B869.3

Índice para catálogo sistemático:
1. Romances : Literatura brasileira   B869.3
Cibele Maria Dias – Bibliotecária – CRB-8/9427

[2022]
Todos os direitos desta edição reservados à
EDITORA SCHWARCZ S.A.
Praça Floriano, 19, sala 3001 — Cinelândia
20031-050 — Rio de Janeiro — RJ
Telefone: (21) 3993-7510
www.companhiadasletras.com.br
www.blogdacompanhia.com.br
facebook.com/editora.alfaguara
instagram.com/editora_alfaguara
twitter.com/alfaguara_br

*Ele dedica este inventário
a seus filhos
e aos pais velhos e solitários*

O PONTO DE PARTIDA

Contrato

De um lado a Vida, a contratante; do outro lado ele, o contratado. As cláusulas estão lá, bem nítidas, determinando os deveres e direitos de ambas as partes em relação à obra, com especial atenção à data em que o contrato perde a validade. A data, contudo, não está definida — e, para ele, é nessa falha que residem as letras miúdas do destino, as rasuras do acaso e, sobretudo, o enredo da história (com seus espantos e suas maravilhas).

Parágrafo único

Destaca-se, no contrato, esta linha: edição a ser paga pelo autor.

Outro

Destaca-se também este outro parágrafo: edição única, sem direito a reimpressão.

Clichês

Os contratos, com exceção de uma ou outra cláusula específica, são todos idênticos: um amontoado de clichês da primeira à última linha. E, no entanto, geram obras inegavelmente ímpares.

OS PRINCÍPIOS DO EU

Medidas iniciais

No Livro do Bebê, a mãe anotou, em letra de fôrma, as primeiras marcas dele no mundo. Tamanho: 54 centímetros. Peso: 3300 gramas.

Não havia campo determinado para outros dados, como a duração do primeiro choro. Essa medida assinala o nosso espanto, vindos do nada, ante a explosão da vida. A média é de um minuto (um minuto de silêncio é também o tempo cedido à memória dos mortos).

O primeiro choro dele durou três minutos.

Pai

O pai, quando saía de casa para o trabalho, no útero da manhã, às portas do novo dia, caminhava de cabeça baixa, com o jeito de quem iria colher um contentamento.

Mas, às vezes, quando saía de casa para o trabalho, no útero da manhã, às portas do novo dia, o pai caminhava de cabeça erguida. Vendo-o de costas, ele sabia que aquele era um andar triste.

E triste também, sem dar um passo, ele ficava, sonhando, como sonham os meninos, em tirar a tristeza do pai. Tristeza cuja medula ele atingiria, anos depois, no dia em que o pai se foi para sempre.

Receita

Repetir, repetir, repetir. A mesma lembrança. Até que a fricção das tristezas produza uma centelha ~~de alegria~~.

Sorriso

Quando o pai voltava do trabalho, ao fim da tarde, às vezes lhe trazia, além de seu silêncio, chocolate Diamante Negro e balas Chita. Sentava-se na cadeira da varanda, tirava os sapatos e ficava a observá-lo devorando as guloseimas. Saía-lhe do rosto cansado um sorriso, não por motivo próprio, mas por produzir nele, filho, a alegria.

Quando o pai voltava do trabalho, ao fim da tarde, às vezes não lhe trazia nada, além de seu silêncio. Sentava-se na cadeira da varanda, tirava os sapatos e ficava a observá-lo, filho, enquanto ele mirava o pai, de cujo rosto cansado saía um sorriso. Demorou anos para compreender que, juntos, produziam ali a legítima alegria.

Mãe

A mãe, quando saía para o trabalho, no esplendor do sol, deixava a casa em ordem e caminhava devagar — um devagar que ocultava a lista de afazeres por cumprir. Levava no corpo a certeza de que, como professora, o que mais a seduzia na arte de ensinar era o súbito aprender.

Mas a mãe, às vezes, quando saía para o trabalho, no esplendor do sol, deixava a casa em ordem e caminhava com pressa — uma pressa que ocultava a lista de afazeres já cumpridos. Ele sabia que ela levava no corpo uma dúvida, uma dúvida que nem a verdade poderia dirimir.

Nessas ocasiões, sentia, como um aluno ao obter definitivamente um conhecimento secreto, que amar era, com a máxima certeza, uma dor.

Outra dor

O pai se foi, abruptamente, com quarenta e três anos. Quase nada lhe deixou de herança, senão umas dívidas com o fisco, o sobrenome sonoro, o sangue mouro.

Mas o pai, quando se foi, abruptamente, com quarenta e três anos, deixou dentro dele (para sempre) uma dor que, como pedra na água, a lembrança vem todos os dias polir.

Feridas

Da série Informações Simples, Tão Simples que Não Constam no Contrato: somente as feridas abertas podem ser fechadas.

Muda

A mãe, que sabia pouco do mundo, aprendeu sozinha a compreender as plantas e a cuidar delas com esmero. Dizia que algumas necessitavam de poda em setembro. Outras, adubo em dezembro. Esta exigia sombra espessa. Aquela, sol abundante.

A mãe, que sabia pouco de botânica, aprendeu sozinha a compreender as plantas e a cuidar delas com esmero. Dizia que algumas precisavam de silêncio. Talvez por isso, quando o via quieto, sentava-se na cadeira ao lado, deixava que ele recostasse a cabeça em seu ombro e nada dizia.

Alimento

Na manhã do Dia dos Pais, o último que passaram juntos, ele ouviu a mãe dizer que, nessa ocasião, como um agrado, era costume homenagear os pais com seu prato favorito. Ele sabia que o pai adorava paella, sugeriu à mãe que a fizesse, ao que ela respondeu com um sorriso.

Mas quando se sentaram à mesa, viu surpreso a travessa de macarrão à bolonhesa, comida preferida dele, filho. Esqueceu a pergunta — por quê? — e se atirou à massa, faminto e feliz.

Só depois, ao ler a satisfação naquele rosto de barba por fazer, descobriu que o pai é quem decidira pelo macarrão e o havia preparado. Para o pai, a alegria não estava no que o filho podia lhe dar, mas no contrário.

Irmãos

Não teve irmãos. Não vivenciou a partilha de brinquedos, de roupas, de livros escolares, tampouco o conflito aberto (ou disfarçado) com alguém tão próximo. Não desfrutou com irmão mais velho, menino a lhe ensinar, nem com irmã mais nova, menina a aprender com ele, o mundo generoso, a mão solidária, o bálsamo caseiro em tempos de aflição. Não teve, senão a si mesmo, com quem vivenciar o espanto, o medo, a euforia.

Mas é possível descobrir, sem a presença de irmãos — a vida é exímia em criar formas substitutas —, as leis da fortuna, os mapas do desejo, as contas do egoísmo.

Em seu caso, acabou também dando aos dois filhos essa experiência — o conhecimento avançado — da solidão. Sina ou sorte, pela diferença de idade, o rapaz e a menina cresceram como filhos únicos, iguais a ele. Vivem atados, embora sejam de mundos diversos e tempos inconciliáveis. Gostam-se, porque o novo aspira à condição do velho, e o velho se revê, em seu antes, no novo.

E esta é a verdade, ao menos em sua família: lega-se não só a cor dos olhos, os cabelos cacheados, o formato das orelhas, mas também os males congênitos, os laços de desamparo, a companhia da ausência. Lega-se o penhasco e o precipício, o céu de estrelas e o espaço que as separa, as gotas de chuva e a distância entre elas que nada molha. Lega-se, e não adianta reclamar, a travessia solitária e a irmandade do vazio.

Não irmãos

Nunca perguntou aos pais o porquê. As famílias, em seu tempo de menino, eram grandes — três, quatro, cinco filhos. E ele só. Nunca perguntou. Mas, entre sussurros e silêncios que se alternavam por vezes quando o pai e a mãe conversavam, entendeu que não era vontade deles um filho único, mas era o que era: a realidade concedera ao casal uma só concepção. E sem perguntar o motivo, aos poucos ele entendeu, também, outros fatos a princípio inexplicáveis. Entendeu que certos acontecimentos não cicatrizariam no mundo, e, menos, nele mesmo. Entendeu que o coração registra as traições, mas continua batendo corajosamente, sem folga, como se não houvesse o dia de parar. Entendeu que todas as manhãs de sol e todos os céus estrelados que o deslumbrariam em noites de verão se aniquilariam num instante, quando o coração estacionasse. Entendeu que a sua história era um cisco nas dobras do mapa da humanidade. Entendeu que não ter é ter o não — e com o não se afirmar, embora não se conformar. Entendeu que a matemática erra, pois, em numerosas ocasiões, o *quanto mais* resulta em *tanto menos*. Entendeu que não havia como expandir o alfabeto — e que só poderia levar a si e aos demais ao riso ou ao pranto com aquelas vinte e seis letras. Entendeu que o acaso — ou o fado? — lhe dera o dom — ou o fardo? — de não ver o pai envelhecer, arrebentado pelo tempo. Entendeu que qualquer coisa que lhe pertencesse jamais seria roubada, porque o que levariam nunca seria o que estivera em seu poder.

Entendeu que não se tem o que já se teve. Entendeu que lhe restava, para a vida inteira, atravessar os dias com o seu não irmão. Entendeu, entendeu, entendeu, apesar de não entender os tantos vazios que o abraçavam.

Primo

Não conviveu com primas. Só havia duas na família, de idade próxima à dele, mas moravam em cidades distantes. Encontraram-se uma e outra vez, na noite de Natal ou no Ano-Novo. Ele se admirava: por reconhecer na face delas a sua linhagem, o modo tímido de se expor, o jeito de observar os outros como um enigma a se abrir de repente, revelando uma verdade menos de luz do que de sombras. A ninharia de tempo que passaram juntos impediu que se apaixonasse por uma ou pelas duas — a partilha das horas, mesmo se imaginária, é que desencadeia sentimentos —, assim, sem a sua ação própria, mas pelo mérito único do destino, ele escapou de mais um clichê.

No entanto, teve um primo — filho daquele tio que se metia a fazer consertos domésticos — a quem se afeiçoou em seus primeiros anos, antes de ambos iniciarem a vida escolar, quando foram se afastando, se afastando sem motivo maior; apenas cumprindo o ritmo dos acercamentos e das retiradas comuns aos vínculos humanos, que prescindem de explicação.

No trecho em que seguiram juntos, ele trocava histórias com o primo, que também gostava de ler e, em sua igual condição de menino, espantava-se com a extensão do mundo ampliada pelos livros. Subiam em árvores, onde não apenas colhiam e chupavam frutas, mas, desgarrados da terra lá embaixo, tagarelavam nas altas folhagens, imunes à realidade adulta; tagarelavam às vezes horas e horas e riam e assobiavam e tagarelavam mais.

Hoje, ele se pergunta, sobre o que conversavam tanto? O que disseram um pára o outro se perdeu, embora antes, e era o que importava, antes tivesse havido o instante, antes a palavra existira para os dois, os movera, os unira; tanto que estão aqui, entre os galhos de uma árvore, pendurados nas mãos dele, saltando de uma tecla a outra, como faziam deste ramo para aquele, e daquele para o chão, e do chão para a suave, e quase imperceptível, separação.

Aos poucos, na falta de um conflito, ou pelo afeto estacionário, foram se tornando estranhos. Ele sentiu o máximo distanciamento quando o pai morreu: no enterro, o primo se sentou, cauteloso, ao seu lado no banco de trás do carro do tio. Seguiram para o cemitério calados, não tinham nada a se dizer. Naquele dia, ele perdeu o pai para morte; o primo, para a vida.

Partilha

Das revelações repentinas, que o enlevaram em criança, relampeja às vezes em seu pensamento aquela de uma noite gelada de São João, quando foi com o pai e a mãe à quermesse montada numa fazenda próxima à cidade. Em frente às casas da colônia, ardia uma fogueira colossal, junto a barracas improvisadas de comida e bebida. A excitação festiva reinava no círculo do fogo entre todos — fascinados pelo efeito das labaredas e os estalidos da madeira, que produziam uma atmosfera feérica, da qual ninguém queria se alijar —, e se ramificava adiante nas pequenas rodas de gente que se aglomerava à margem dos folguedos.

Enfiou-se na roda dos meninos e, apesar da introversão, participou das brincadeiras do grupo, pega-pega e queimada, ligou-se aos amigos de ocasião, soltando biribas e traques, e correu com eles ao redor da fogueira para se esquentar. Depois de se empanturrarem de cachorro-quente, milho verde e amendoim, um dos garotos propôs explorarem o lugar. Combinaram um passeio rápido, para que os pais, sob a desatenção da alegria, não notassem o sumiço deles, ou melhor, quando sentissem a sua falta, já estivessem ali, em roda novamente, às voltas com seu contentamento. Guiados por um dos meninos, foram se afastando da zona ruidosa e iluminada da quermesse e se embrenhando por uma senda de terra que os conduziu à área da lavoura, imersa na escuridão. Escuridão que não se adensava mais graças ao enxame de estrelas que, como cacos de cristais, reluziam no céu negro.

Enveredaram pelos renques do cafezal, perdendo-se e se reencontrando em suas fileiras, enquanto conversavam. Na aventura, riram e se divertiram, em mútuo usufruto e instantânea cooperação, os da frente alertando os de trás para as chicotadas dos galhos, as pedras e as elevações no solo — uma viva e fraterna partilha.

Quieto, ele pensa no sumo daquela experiência, inalterada em seu espírito ao longo dos anos, e daí o motivo de evocá-la: a vida gregária é ter companheiros na noite profunda, durante um trecho do caminho. O restante da travessia, até o término, é um seguir, solitário, rumo ao norte de si mesmo.

Avó

A avó, mãe da mãe, todas as tardes impreterivelmente, sob sol fervilhante ou chuva ostensiva, saía da parte baixa da cidade onde vivia e caminhava até a casa dele. Passava as horas lá, sentada na varanda ou na sala, junto à filha. Fazia casacos de tricô e bordava panos de prato, entrecortando o tempo com conversas macias e murmúrios, indo embora só quando a noite se insinuava. Vez por outra chegava à porta dos fundos e o observava, enquanto ele, sem lhe notar a presença, continuava se assombrando com as nuvens, as roupas no varal lambidas pelo vento, as toalhas quarando, o lençol dentro da bacia com água azulada, na qual a mãe dissolvera um cubo de anil. Entre umas palavras e o silêncio que trocavam, julgava que ela nutria aquele hábito para escapar da solidão — perdera o marido havia anos para uma súbita doença, quando estavam na platitude financeira e, talvez, na plenitude do amor (que, por ser plenitude, tinha só como futuro o desabamento).

Contudo, foi preciso muitos e muitos anos, com seus incontáveis dias de sol fervilhante e chuva ostensiva, para que ele, envelhecido, chegasse à verdade: à medida que a morte se avizinha, é dádiva flagrar a vida abrindo veredas para uma criança, assistir a seu encantamento diante das ninharias do quintal, ver que um ramo saído de si floresce, alonga-se, recebe poda, e o sublime, apesar de também doloroso: surpreender-se com o bordado que o destino e o acaso tecem não em suas mãos, mas na frente de seus olhos.

De costas para os anos mortos, a avó desfrutava toda tarde do susto de sua ainda existência, o presente que corria em suas raízes, a cada dia mais fracas. A avó, à porta dos fundos, com os pés penetrando na terra dos adeuses, regozijava-se com a infância dele, neto que ela não veria crescer.

Outra avó

A avó, mãe do pai, também perdera o companheiro havia anos. Esse avô, ele conhecera somente por fotografias e pelas histórias que ela lhe contava. Diferente da outra, esta avó gostava de gastar as tardes em casa: fazia palavras cruzadas, lia velhas revistas de jardinagem, assistia a filmes na tevê. Uma vez por semana, ele abandonava as aventuras do quintal e ia passar umas horas com ela.

A avó, filha de camponeses, adorava frutas, tinha-as sempre em abundância em cestos sobre a mesa da cozinha, e lhe ensinara a maneira mais saborosa de prová-las: as maçãs e peras com cascas, cravando os dentes da frente na polpa; as amoras, levando-as com os dedos maculados de vermelho direto à língua; as tangerinas, aspirando o aroma cítrico antes de comer e cuspir com força os caroços; as laranjas, descascando-as com a faca, devagar, em espiral, e aí sorver com sede todo o suco.

A avó adorava degustar fosse o que fosse não apenas com a boca, mas com o corpo inteiro, e, junto dela, nos lanches da tarde, ou quando ficava para o jantar, ele compreendeu que comer na companhia de uma pessoa querida não era um ato corriqueiro, mas uma celebração.

A avó não descuidava de oficiar a cerimônia. Os armários viviam cheios de mantimentos, a geladeira abrigava, ao lado de verduras e legumes frescos, guloseimas e doces que ela preparava.

Mas foi num dia, ao observar as poucas delícias entre os potes com sobras de comida, que ele captou a mudança. Notou que as frutas rareavam. Notou que a luz da sala vinha das janelas abertas, não mais das lâmpadas sempre acesas, mesmo em tardes de sol fulgurante. Notou que a avó fingia calma, mas uma aura de impaciência a envolvia. Notou que ela relia velhas revistas de Corin Tellado, refazia as palavras cruzadas, não assistia mais a filmes na tevê.

Entre as meias palavras trocadas por seus pais, descobriu que a aposentadoria da avó fora parcialmente cortada. Sentiu, lá no fundo de si, o impulso de amenizar sua pena. Foi até ela e a convenceu a passar a tarde, uma vez por semana, na casa dele, onde conversariam, assistiriam a filmes na tevê — comeriam bolos feitos pela mãe e frutas compradas pelo pai. E assim, mudando o altar, a missa deles continuou a ser celebrada — até que, meses mais tarde, a avó camponesa replantou-se na terra.

Maior

A cada um deve ocorrer essa luz na consciência em algum momento da infância, quando estamos penetrando, mais e mais, no reconhecimento do que é o humano. Com ele, foi num aniversário; era pequeno, não ingressara ainda na escola, o vocabulário estreito o impediu de explicar a si mesmo o oceano que nascera nele — e continua incapaz de definir esse estado de enlevo, efêmero e transbordante —, apenas sentia a excitação de suas águas.

Sonhava ganhar uma Kombi em miniatura: seu pai tinha uma de verdade, branca, e, apesar de velha e ruidosa, ele gostava de ver o pai ao volante, amava ajudar a lavá-la aos sábados, passear no banco da frente; envaidecia-se com aquele pouco — ria quando na reta das avenidas o motor da Kombi peidava.

Naquela manhã, o pai e a mãe, depois de abraçá-lo por completar seis anos, entregaram-lhe o presente. Abriu-o afobado, pressentindo que seu sonho estava lá, sob o embrulho, à espera, para lhe entregar a imensidão. E foi o que foi: a alegria. Em grau até ali inalcançado. E era tanta que não sabia o que fazer com ela. Sabia o que fazer com o brinquedo; começou a movê-lo como se o chão fosse uma avenida, deslizava nele, seguia para a direita, inventava uma curva, imitava com a boca o motor da Kombi e seus flatos, sorria para os pais, sorria para o fundo de si. Sabia o que fazer com a perua em miniatura, mas não com aquele sentimento: e não era para fazer nada, só se entregar, sem reservas.

Foi para o quarto e lá continuou a dirigir a Kombi sobre a colcha de sua cama. Depois, interrompeu a brincadeira, a alma se expandia, era preciso ficar quieto para acolher a inundação. Era uma coisa grande, secreta e silenciosa, que só ele sentia. A (maior) alegria da gente sempre será pequena (ou nada) para os outros.

Chuva

Nas compridas chuvas da infância, aprimorou a arte de observar as coisas de dentro de casa (as quais os olhos, anestesiados de tanto ver, não notavam mais), já que as de fora, sobretudo as montanhas, nem sempre discerníveis em dias claros, perdiam inteiramente os contornos e se borravam de sombras líquidas.

Nas compridas chuvas da infância, aprimorou sem querer a arte de observar as coisas de dentro da casa: a cristaleira com suas faianças nobres (embora lascadas) e suas taças estremecidas pelo som dos trovões. O voal das cortinas, tão delicado era senti-lo com o tecido das próprias mãos. O retrato do pai com ele no colo (ferida que se renova). As águas de dentro, fluindo para o estuário dos olhos.

A chuva de hoje, apesar de curta, arrasta seu olhar para o relógio da parede — cujos ponteiros já contêm as enchentes e secas que ele verá.

Desacontecimento

Aquele dia, com o seu nenhum acontecimento e, no entanto, uma viga nas fundações de seu estar-no-mundo.

Quando a mãe o chamou, ele já despertara, permanecia na cama à espera dela, tentando domar, com as mãos de menino, a expectativa que se agitava, louca para disparar rumo a sua condição de fato.

A madrugada se extinguia lentamente, ou a manhã preguiçosa é que se atrasava. Pensava na viagem que ia fazer com o pai dali a pouco, estava na linha de largada mas se via à frente, não apenas na imaginação: no próprio corpo, que parecia estar adiante no tempo.

Então, deu-se o desacontecimento: a escuridão se dissipava à medida que avançavam pela estrada, o dia vinha como uma folha ao vento, sem roteiro ou sinais de certeza: ele ouvira, pela conversa entre o pai e a mãe, o nome de uma cidade, a distância em quilômetros até lá (a qual não sabia mensurar), o motivo da viagem — o encontro com um comerciante. Nada mais. E aí o prazer, a atração do vago, os olhos a erguerem o véu do mundo encoberto.

No caminho, às vezes falavam, os verbos no presente, sobre as carretas que ultrapassavam, as lavouras de cana e café, o gado imóvel nos pastos, as montanhas veladas pela neblina; às vezes silenciavam, apaziguando a si e as palavras. Eram pai e filho, grãos de poeira a levitar.

Na volta, deu-se o mesmo, com as diferenças que empurram

a grandeza para o acostamento. Na volta, percebeu que a viagem fora um nada, um nada prazeroso, que, se já experimentado em parte, era desconhecido no seu total. Na volta, entendeu que aquele dia ia desaparecer (como todos), mas cumpria senti-lo a sua hora — e era o que ele fazia, sob a luz ofuscante da tarde, ao lado do pai.

Desimpedido, liberto, deixou a satisfação ir se apossando, enquanto o sol se colava, como adesivo, em seu rosto. As águas o levavam, madeira flutuante. A inquietude escorregava de suas mãos. Fechou os olhos. Os pensamentos o abandonavam devagar. Ele desacontecia. A vida volátil se moldava na concha de seus sentidos. Pelos anos afora, sonharia em reter, de novo, como naquela viagem, o instante fugidio.

Saberes

Menino, não sabia desenhar, não sabia jogar futebol, não sabia distinguir samambaias de avencas, não sabia se era lua cheia ou lua nova, não sabia o nome das árvores da frente da casa, não sabia qual passarinho cantava à janela, não sabia em que época se plantava milho, não sabia em que mês as jabuticabeiras floresciam, não sabia quais os meses das águas, não sabia em que direção soprava o vento, não sabia se orientar pela agulha da bússola, não sabia a latitude e a longitude em que vivia, não sabia o tempo de reprodução das aleluias, não sabia diferenciar maçã argentina e fuji, não sabia se a pomba no telhado era macho ou fêmea, não sabia tantas coisas.

Os não saberes o levaram à palavra. E a palavra, a reduzir alguns metros de sua ignorância.

Tia

Irmã da mãe. Possuía uma pequena biblioteca — cinco tábuas presas à parede onde repousavam velhos livros —, a primeira que ele amou. Amou porque ela permitiu, deixando-o escolher e ler o que desejasse, incentivando-o a descobrir as suas preferências, ensinando-o a suspender a leitura se a monotonia da história fosse maior que o espanto.

Leu, pouco a pouco, todos aqueles livros, apesar da pouca idade, da ignorância literária e do entendimento raso da existência: quanto daquele entendimento, de lá para cá, terá alargado?

Quando notou a fome dele, menino contido, por mundos imaginários, a tia passou a lhe dar uma mesada para que comprasse seus próprios livros. E assim ele fez, guardando depois seu acervo, com exagerado esmero, numa estante de portas corrediças que ganhou de presente — seu verdadeiro tesouro da juventude.

Muitos anos depois, cercada pelas dores da artrite, ela se alegrou mais do que ninguém com a estreia dele na literatura. Ainda viveu para vê-lo lançar outras obras. Deixou-lhe, como herança, aqueles volumes que se esfarelavam na velha estante. Ele os limpou do pó, eliminou as traças, remendou as capas que se despregavam, colou páginas soltas. Levou-os para casa. Relíquias de papel das quais, um dia, terá também de se desfazer. No meio delas, o inesperado: uma pasta com recortes de jornal sobre os livros dele, resenhas, entrevistas, reportagens — a pequena fortuna crítica que a tia juntara.

Irmã da mãe. Medianeira de sua iniciação, responsável por sua entrada no país da literatura. Guardiã de suas míseras glórias. Oculta em cada linha que ele escreve. A ela, esta página de gratidão.

Seco

À medida que se aproximava da idade adulta e ia se tornando um desmenino, passou a ter uma ligação íntima com as águas, como se seu corpo entendesse os tempos de estiagem e pressentisse, quando ninguém notava no horizonte límpido, a iminência do temporal.

Despertava no meio da noite, na alta madrugada, se caísse alguma chuva, mesmo que silenciosa, dessas que deixam apenas uma película d'água sobre o mundo, logo dissipada. Ainda que estivesse nas profundezas do sono, anestesiado pela exaustão ou pela incerteza de uma nova manhã, bastava chover para que acordasse.

Ficava então inerte a ouvir a chuva — e a ouvir-se. Só voltava a dormir depois que ela cessasse. Assim, com o passar dos anos, descobriu que a sua dor, quando se tornava líquida no travesseiro, era como a chuva noite adentro, imperceptível para as pessoas, mesmo as próximas. Ninguém percebia, nem na hora nem no dia seguinte, que ele havia chorado.

Ainda hoje, ninguém percebe — certamente não sabem ler nele, nos demais, nem em si mesmos, a escrita da desventura. Ninguém percebe. Nem quando o surpreendem com os olhos inchados e rubros: atribuem a causa ao tempo seco e à baixa umidade do ar.

Tesouro

O que ele não perdeu ainda:
   a lembrança dos olhos azuis do pai;
   a certeza, nas noites de verão com a janela aberta, de que não está na cama, às escuras, mas no dorso do vento galopando os mistérios que o atraem desde a infância;
   a satisfação de sentir, de olhos fechados, quando desperta, o cheiro do novo dia, a manhã-menina saindo silenciosamente do ventre do tempo, dando-lhe mais uma chance;
   o espanto de saber que o mundo não pode carregar, sozinho, o mundo; é preciso o mundo da palavra para sustentá-lo, o mundo não é mundo sem a palavra que o inunda.

Átomos e cosmos

Tanto quanto o fascínio que lhe causaram as letras miúdas, paralisadas, nas páginas dos livros (mas dentro dele movendo incessantemente suas ilhas imaginárias), foi o de flagrar, na sua vez de mirar a lente do microscópio numa aula de ciências, aquelas criaturas diminutas, que se moviam, eufóricas, escrevendo um texto que ele não entendia, mas o imantara ali, até que a professora o lembrou da fila de alunos às suas costas.

Duas paixões que nunca mais o largaram e com as quais vive em triângulo, sentindo que a nascente de uma ora se lava na foz da outra, ora as águas desta se aninham no fundo daquela. E há ocasiões em que ambas se debatem, rebeldes, ameaçando arrastá-lo num redemoinho.

Desde então, quando entra nesses dois mundos de espanto, não apenas com olhos — os dois abertos nos livros, um fechado no microscópio —, mas com todos os seus sentidos alerta, e, algum tempo depois, volta a atenção para o lado de cá, e observa a realidade, aos poucos, dos pés à cabeça, ou da cabeça aos pés, como um animal que aporta ao seu redor e também o mira, atento e desconfiado, sem saber o que esperar um do outro, se entram em comunhão ou em conflito, se atacam ou se abraçam, ele invariavelmente sente: que suas entranhas se comunicam com o exterior estranho, reconhecendo-o como parte de si, e, ato contínuo, os átomos de seu corpo vibram como pertences do cosmos. O cosmos que parece inerte como as letras dos livros, mas, em suas invisíveis esferas, se move, ávido, alinhavando seu texto misterioso.

Perpétuo

Sempre as palavras a cativá-lo — ou a desencantá-lo. Depois de anos escrevendo, pela convivência diária com elas, começou a vê-las como pessoas, com suas facetas e, também, seus mistérios. Era capaz de perceber o quanto havia de sol na sombra de cada uma, o quanto de voltagem continham quando movidas e o quanto de silêncio represavam em seu estado de dicionário. Era capaz, ainda é. E como as pessoas, havia aquelas que ele amava, muitas das quais fugia, algumas de que desconfiava e procurava se manter distante.

Tempos atrás cruzou com duas desta última categoria; ambas, de braços dados, atravessaram as páginas de um romance que ele lia com displicência, e tal era o poder atrator, que desviou a atenção da história e ficou a examiná-las, uma dupla exuberante, esta feita sob medida para completar aquela, e, casadas, arrastarem em seu encalço um séquito de ingênuos. Semelhavam dois amigos de compleição distinta, mas igualmente vigorosos: um comprido, *perpétuo*; o outro, forte, *socorro*.

Perpétuo socorro, perpétuo socorro. Duas palavras, duas pessoas. E ele a estudá-las, a investigá-las tanto com o microscópio como com o telescópio. Duas palavras, duas pessoas. E ele a concluir que a primeira, *perpétuo*, não escondia sob sua veste senão outra: *mentira*. A segunda, *socorro*, poderia ter alguma serventia em sua vida. Mas juntas, esta com aquela, não cabiam em seu mundo.

Números

Alguém, numa entrevista, pediu-lhe para apontar um dia ímpar de sua existência. Saiu-se evocando o dia da morte do pai, o fato o transformara, ensinara-lhe a atrocidade do jamais, a subserviência humana ante os desígnios do acaso, o despreparo de todos nós para as perdas súbitas.

Mas a pergunta continuou na órbita de seus pensamentos, chamando-lhe, com tração contrária, para o polo positivo, o sinal a pedir um ganho, um dia (apenas) de explosivo encanto ou, modestamente, de indelével alegria. Nunca havia se voltado para essa matemática que talvez indicasse, sem meias medidas, ou com total exatidão, a penúria ou a abundância de momentos felizes na vida de um homem.

Motivou-se a fazer seus cálculos pela primeira vez. Em sessenta anos, teria vivido cerca de vinte e dois mil dias. Vinte e dois mil dias — e suas respectivas noites. Quantos desses dias — e quais — haviam sido de contentamento? A memória, generosa, presenteou-o com a lembrança de meia dúzia de dias nos quais, de repente, chegara ao cerne da felicidade (segundo seus parâmetros), tocara-o, e todo o seu espírito ardera, colhido pela transfiguração. Entre esses, saltou como fagulha o dia em que partira de madrugada de um povoado próximo ao Cebreiro, a fim de continuar a peregrinação pelo Caminho de Santiago: andava em meio à pálida claridade que antecede a aparição feroz do sol de verão, sentindo o mundo fechado para a sua bem-aventurança, uma carga de malignidade às costas, um estranho tormento a se expandir a cada passo. Desejou com o máximo propósito que algo transformasse a sua existência àquela hora, mudando a chave de sua compreensão para sempre. E, sem saber se mereceu ou não, o fato é que, ao fim daquele dia, ele vivenciou uma inegável epifania, e, assim, alterou em definitivo o rumo de seus passos incertos.

De volta às contas, os dias marcantes são para ele — e para nós — raros. Nascem de uma longa sequência de dias-preparativos, dias-nada, responsáveis contudo pelas experiências que, inesperadamente, assomam à nossa consciência num desses dias-acontecimentos.

Vinte e dois mil dias, quase todos preparativos para os pouquíssimos dias-acontecimentos, memoráveis pelo prazer ou pela dor que proporcionaram. Vinte e dois mil dias-preparativos, até aqui, para o dia em que tudo — a história dele, secreta, única no mundo — se finde. Vinte e dois mil dias-quaisquer, uma imensidão de dias-nada que vai atirá-lo a um dia-glorioso para o usufruto do contentamento, ou a um dia-devastador para a vigência da aflição.

Ocorreu a ele, então, que não havia, a rigor, um dia inteiramente feliz, nem inteiramente triste, raios de trevas e fusos de luz se alternam entre as horas, e, mais ainda, entre os ponteiros dos minutos. Ocorreu a ele que cada dia, em suas vinte e quatro horas, tem mil quatrocentos e quarenta minutos. Ocorreu a ele multiplicar os vinte e dois mil por mil quatrocentos e quarenta para saber quantos minutos a sua vida contabilizava até ali e, depois, calcular quantos foram os seus minutos sublimes. Milhões de minutos-nada, minutos-preparativos para ele atingir este, este momento, o agora-menor, o agora a sonhar, apenas, com o agora-seguinte.

Verbo

Degustar estrelas. Jardinar segredos. Beber tristezas. Serrar a tarde. Fechar a verdade. Cartografar perdas. Escavar nuvens. Trincar sonhos. Desarrumar paisagens. Soprar o sim. Anular o não. Desanoitecer. Acender a escuridão. Sobrevoar o esquecimento. Dessubstantivar-se.

A vida inteira tentando se ancorar nas palavras para que seu veleiro, fadado ao naufrágio, avance mais uma onda no alto-mar — da existência.

Ainda não

Ainda não aprendeu a:
    fazer a barba com paciência;
    escolher gravata, dar nó em gravata, usar gravata;
    passar roupa;
    debulhar os oportunistas do mês;
    mandar;
    conformar-se quando não há escolhas;
    aceitar a mentira das conciliações;
    agradar as pessoas com falsas promessas;
    suster o pranto pelas partidas prematuras;
    assombrar-se com a chegada misteriosa e pontual de cada manhã, quando, ainda na cama, abre os olhos para mais um dia.

Teoria

Os três estágios de sua teoria pessoal da evolução:
1. a etapa do besouro de costas, que esperneia e se move em círculos, na tentativa de se pôr de pé;
2. a etapa da madeira flutuante, que, sem resistência, deixa a correnteza do rio a conduzir;
3. a etapa do horizonte imóvel, a serviço do vaivém das nuvens, sem nada pedir ao vento.

Teoria aplicada, com provas cabais de validade, em suas ocupações, seus relacionamentos, suas experiências de desamor.

Círculos

O ventre da mãe. A pia batismal. O bolo. A bola. O balão. O prato. O botão. O andador. O quintal. A laranja. O ovo. A praça. O sol. A lua. O gira-gira. O coreto. A aspirina. A moeda. A pizza. A hóstia. O ânus. A roda-gigante. O salão de baile. O anel. A Terra. O LP. O relógio. O CD. O volante. O ventilador. A bússola. O rolo de papel. A frigideira. O DVD. A cesta. A mesa. O palco. Os óculos. O ansiolítico. A urna (já escolhida) para as cinzas.

Divisas

O pai e a mãe. A temperatura do corpo entre 36,4 e 43,5 graus centígrados. A cidadezinha e a capital. A publicidade e a literatura. O filho e a filha. Um ou dois comprimidos de clonazepam. O peso: de 3300 gramas a setenta e dois quilos. A testosterona entre duzentos e quarenta nanogramas por decilitro e novecentos e cinquenta nanogramas por decilitro. A Caloi 10 e o C3. A altura de 1,76 metro (dezoito anos) e 1,72 metro (atual). *Coração mudo* e *Inventário do azul*. A porta de casa e o mundo.

Continuum

Os anos se acumulam, mas há feridas, como a de Quíron (e a dele), que se fecham por um tempo, depois são reabertas. Supuram e cicatrizam continuamente, até que.

OS ENGENHOS DO TEMPO

Trança

O tempo concede, o tempo subtrai. Ele sabia, está no contrato. Mas as cláusulas vigoram em estado de papel: quando se avivam em fatos que o estremecem pela materialização das dádivas ou das consequências turvas é que, na prática, retorcem seu espírito.

O tempo concede, o tempo subtrai. Assim ganhou a infância, e a perdeu. Ganhou a juventude. E ela se foi. Atingiu a estação do entendimento, que também vai passando. Assim saiu da casca, provou os gomos de distintas idades, aproxima-se do miolo da decomposição.

O tempo concede, o tempo subtrai. Assim se inundou de amores — e os amores secaram. Recebeu graças, e todas se tornaram cinzas.

O tempo concede, o tempo subtrai. O tempo concede, o tempo subtrai. O tempo concede, o tempo subtrai. Tudo. E entre esse dá-e-tira ininterrupto e obsessivo do tempo, a vida (está no contrato) segue, incisiva, até que a trança das horas termine — e os ganhos se consumem em perda total.

Festa

Aos dezesseis, um ano antes de migrar de sua cidade para a capital, onde ainda vive — quando a infinidade de mundos possíveis se abriu para ele —, publicou, às próprias expensas, um caderno de poesias.

Fato inusitado naquelas terras, e com a providencial cooperação dos adultos, a obra foi lançada em seu colégio com inédito alvoroço, arremessando-o ao fundo da timidez, de cujas águas haviam emergido os poemas do *Coração mudo*.

Mas a celebração é apenas uma placa fincada em sua biografia, não o farol aceso na memória, instalado sem alarde no fim daquela semana: a festa surpresa organizada por sua mãe e por aquela que seria o seu amor inaugural, a menina do beijo, jamais esquecido, sob a chuva violenta. As duas, em tácita combinação, cuidaram dos preparativos, das horas alegres do durante, das arrumações posteriores, sem que ele percebesse, senão quando chegaram à fazenda do tio da menina, onde os convidados o aguardavam.

Demorou para entender o que se passava, talvez porque supunha que sua vida rasteira não merecia o movimento de tanta gente para contentá-la, não sabia o que era ser centro e, apesar do incômodo inicial, aos poucos, e para sempre, experimentou cada gomo dela — a alegria que vem pelas mãos dos outros, sem aviso prévio, sem sinal de fumaça, é incendiária, devastadora para as sombras. Ao longo daquela tarde, nenhuma sobra de tristeza restou em seu espírito, quando teve certeza de estar colhendo, pela primeira vez, um instante monumental em sua vida, a ponto de quase esmagá-lo.

Ele ainda se pergunta: como não desconfiou dos movimentos ao seu redor, da mãe e da menina armando a surpresa?

Ele ainda se pergunta: como ficou preso à cegueira da desatenção?

Ele ainda se pergunta: quantas vezes, dali em diante, padeceu da mesma ignorância, do mesmo descuido dos detalhes, do mesmo impressentido sentimento de aproximação?

Mas, também, ele se responde: quão bem-aventurada resultou, algumas vezes, a sua distração ante os engenhos do tempo — e às mudas maquinações das pessoas queridas.

Ao recordar aquela festa surpresa, ele pede, silenciosamente, que a vida lhe preserve a ingenuidade da época. Saber que uma alegria vem vindo, certificar-se de sua chegada, é matá-la em seu nascedouro.

Alegria é não esperar pela alegria, nem sequer cogitá-la, e de repente ela aportar, incontornável e avassaladora.

Liquidez

Quando está dentro do carro e a chuva o surpreende, seja garoa, seja temporal, e se está no comando, ele gosta de estacionar e sorver a súbita precipitação naquele cofre provisório que o protege e, ao mesmo tempo, o aprisiona.

Gosta de ouvir os uivos do vento e os chios d'água negociando quem domina e quem cede, gosta de ver, para além dos vidros, os efeitos embaçados das luzes e os rastros do mundo lá fora.

Gosta de permanecer quieto, não apenas submisso à experiência que o acaso lhe obriga a provar, mas acolhendo-a em todas suas células.

Gosta de sentir a calidez dentro daquele espaço e de desligar os temores, como faz com o motor do carro.

Gosta, como aconteceu tantas vezes quando estava em companhia das mulheres que amou, de buscar o outro corpo, e ambos se entregarem igual às plantas ao jato do regador.

Gosta, na gradação máxima, depois de desfrutar a seco da presença impermeável da chuva, gosta de sair do carro e, ensopado, sentir a pulsação instantânea da vida, com a sua farta liquidez, fecundando o tempo que lhe resta.

Trindade

Uma noite, sonhou com o passado. Estava à mesa da cozinha, diante do prato. De um lado, o pai. Do outro, a mãe. Diziam entre si o que se costuma dizer na correnteza da vida diária, quando, distraídos com a refeição, não percebem que, sob a naturalidade do instante, as forças do aniquilamento seguem atuando em silêncio. Almoçavam, apenas. Mas para ele era o tudo: o pai, a mãe e ele ali, em conversa, girando com a Terra pelo universo, entregues ao momento sem fim em que se vive somente o vivido. Nessa cena entreaberta do sonho, sentiu o desejo súbito de abraçar o pai e a mãe, por tê-los ali, à mão (já que não os tinha de verdade), mas não ousou se mover, o gesto lhe pareceu uma afronta à calmaria que os conjugava. Mesmo em sonho, a sua profaníssima trindade estava para sempre aniquilada.

Outra trindade

Uma noite, sonhou com o presente. Estava à mesa da cozinha, diante do prato. De um lado, o filho. Do outro, a filha. Diziam entre si o que se costuma dizer na correnteza da vida diária, quando, distraídos com a refeição, não percebem que, sob a naturalidade do instante, as forças do aniquilamento seguem atuando em silêncio. Almoçavam, apenas. Mas para ele era o tudo: o filho, a filha e ele ali, em conversa, girando com a Terra pelo universo, entregues ao momento sem fim em que se vive somente o vivido. Nessa cena entreaberta do sonho, sentiu o desejo súbito de abraçar o filho e a filha, por tê-los à mão (já que um dia eles não o teriam), mas não ousou se mover, o gesto lhe pareceu uma afronta à calmaria que os conjugava. Aquele desejo atualizava um sonho dele, muitos anos antes, quando se encontrara com seu pai e sua mãe, à mesa da cozinha, e não podia abraçá-los. Mas ainda podia abraçar o filho e a filha, freando por um instante as forças do aniquilamento sobre a sua profaníssima trindade.

Sopro

Observava a pauta dos ventos como um cientista.

Pelas reincidências, percebeu que somente as ventanias trazidas pelos temporais eram capazes de arrancar as vagens do flamboaiã em frente à sua casa, imantadas na velha árvore.

Constatou, também, que bastava uma brisa para derrubar as frágeis folhas da hortênsia cultivada pela mãe.

Mas só conseguiu concluir seu laudo muitos anos depois, ao descobrir que a verdade se despetalava com o simples sopro da ficção.

Manhãs

Despertava cedo e permanecia de olhos fechados, quando então sentia o gosto de boca seca, o cheiro de noite em quarto fechado, e, aos poucos, o peso do corpo (era a vida que se remanifestava aos seus sentidos). Reconhecia devagarinho, um a um, os sons externos e familiares, como se o mundo estivesse se refazendo lá fora só para ele — o canto dos pássaros, o farfalhar da folhagem do flamboaiã, cujas vagens às vezes caíam, estalantes, e se arrebentavam na rua.

Amava esse momento de retorno à consciência — essa volta um dia lhe será negada — e o saboreava ao máximo, mesmo nas manhãs em que, de súbito, agarrada àquela rede de sensações prazerosas, vinha à sua mente a certeza de horas sombrias, ou a suspeita de pesares a caminho.

E amava mais, depois da ablução e da troca do pijama pelo uniforme escolar, pegar o dinheiro deixado pelo pai e buscar o pão. Estava a duas quadras da padaria, mas entre uma margem e outra o sentimento do mundo, como o mar bíblico, abria-se diante dele, embora indiferente aos seus passos, arrastados ou deslizantes. E quase sempre eram deslizantes, porque, menino, ele não tinha desejos, mas sonhos — certos sonhos são desejos irrevelados —, e os sonhos eram, em tamanho e carga, iguais a ele, leves e miúdos.

E amava mais e mais voltar para casa — o pacote grudado ao coração, os pães quentes, recém-saídos do forno —, principalmente nas manhãs de inverno, quando ainda fazia escuro, as luzes da cidade flutuavam acesas nos postes, sem indícios da chegada iminente do sol.

E amava mais e mais e mais, enquanto retornava, sentir o ímpeto da vida em suas pernas, subindo ágil pelo tronco e regendo seu contentamento, embora a intuição o pusesse alerta, como se algum mal pudesse de repente atacá-lo. Não sabia que era um mecanismo atávico de atenção, legado pelos homens primitivos que, ao amanhecer, saíam à caça de alimentos.

E amava mais e mais e mais e mais o atrito de seus passos no chão da cidade adormecida, entregando-se lenta para a manhã igual às outras; a manhã, obediente aos ciclos do tempo, chegando mansa e escondendo — ele o conheceria anos mais tarde — seu poder silencioso de corrosão.

Um dia

Lá, nas terras onde ele vivia em menino, as altas temperaturas reinavam.

Desde cedo, naquela manhã, o sol ardia e, da janela aberta de seu quarto, podia avistar o canavial flamejante ao longe. No céu, nuvens como retalhos de um vestido branco flutuavam. Talvez a corrente de vento proporcionasse refrigério mais tarde, quando o calor atingisse o auge do meio-dia. No flamboaiã diante de sua casa, os pássaros bicavam o dia que, para ele, apenas começara. Perdera o espetáculo, a que por vezes assistia, de flagrar as sombras lentamente se dissolverem com os filetes de luz vazando pelas frestas da porta. De testemunhar, aos poucos, os objetos, deixados no esquecimento do ontem, ganharem definição ante seus olhos úmidos pelo assombro de um novo feito.

Desde cedo, naquela manhã, a cidade onde ele vivia já ligara a sua fábrica de acontecimentos. O vizinho saía para o trabalho, o som do portão enferrujado o anunciou. O rumor dos caminhões na rodovia, levando carga pesada, chegava sufocado pela distância. As margaridas já varriam as folhas secas da rua. Um cachorro latiu e silenciou. Alguém nas proximidades ligou o rádio. A previsão do tempo era chuva no fim da tarde.

Era um dia qualquer para os relógios, as árvores, os galos. Também para quase todos os homens vivos naquele mundo subestelar. Menos para ele: durante a madrugada, seu pai morrera.

Assim será, também, no dia em que partir: a umidade relativa do ar terá uma medida, a temperatura, uma variação entre a mínima e a máxima, a brisa inclinará ou não os ramos dos salgueiros. Fatos corriqueiros se darão.

Será um dia sem milagre para seus filhos. Por isso, quando os encontra, rejubila-se com a sua presença, agrada-os, importuna-os, reverencia o instante de comunhão ou desacordo, e assim os prepara para o desmilagre.

Precisão

Quando a avó partiu — foi a primeira morte de sua vida, só depois se deu a do pai —, era um dia límpido de outono, estação que se tornaria a favorita dele pelas manhãs frescas e pelos magníficos entardeceres. A hora local, soube mais tarde, como se tivesse alguma secreta relevância, assinalava meio-dia e dez, segundo contara a tia, no quarto com a avó que havia tempos se perdera nos estratos da inconsciência e descumpria, ainda nos espaços desse mundo, seu contrato com a vida, recusando-se a assinar a sua condição com o nada.

O que mais o impressionou no relato da tia, contudo, foi quando disse que a avó morrera feliz, no acalanto de casa, sem dor graças aos sedativos, ao lado dela, filha cuidadosa. Embora pequeno, sem a compreensão que haveria de ter anos à frente, pensou naquela ocasião, e em outras posteriores, se faria diferença morrer feliz ou triste — já que não se chega à morte, nem nela se vive, sentindo o momento último da existência. Nunca soube responder a essa pergunta, nem se havia sentido em fazê-la para si, vez por outra, quando ouvia alguém repetir a expressão "morreu feliz!".

Ocorreu-lhe, agora que conhece e sabe não ser possível frear a marcha inevitável dos acontecimentos, nem mudar a ordem onipotente dos contratantes (seja a vida, seja a morte), se a sentença exata não seria outra: "viveu feliz o minuto final", ou "estava feliz no último instante". Como se essa correção tivesse alguma relevância. Não para morrer. Mas para viver.

Guardador

Deslumbrou-se quando conheceu, numa edição de capa rota, os versos do guardador de rebanhos. Talvez porque, naquela época, menino entre árvores, a natureza diariamente sentasse a seu lado. E as nuvens, aos seus olhos, passavam as mãos por cima da luz. E o silêncio corria pela erva afora. E ele ficava triste como um pôr do sol. E pensar o incomodava como andar à chuva. E ele escrevia versos no papel do pensamento. E tudo o que via era o que nunca tinha visto antes. E se sentia pasmo a cada momento com a eterna novidade do mundo. E não sabia o que era metafísica, nem a metafísica das árvores, tampouco que vivia deitado à sombra da realidade. Deslumbrou-se porque não se afligia com as coisas que nunca tinham sido.

Decepcionou-se, décadas depois, quando releu numa nova edição portuguesa, os versos do guardador de rebanhos. Talvez porque, agora, sendo escritor, tivesse encontrado a sua maneira de estar só. E preferisse ou se obrigasse a guardar sensações e não pensamentos, que deixava escapar pelas cercas. E a noite entrasse como uma borboleta negra pela janela. E pelas nuvens, esgarçadas, a luz lhe queimasse o rosto mesmo que o cobrisse com as mãos. E ficasse triste com o último pôr do sol. E sentir ardesse como o corpo nu ao sol do meio-dia. E tudo o que ele via enevoado já havia sido visto antes com nitidez. E se sentisse pasmo pela eterna monotonia do mundo. Decepcionou-se porque o Senhor não era o seu pastor — e o tempo o tange como todo o rebanho para o que jamais (de novo) será.

Certeza

Ao menos uma certeza ele tem: que as feridas sob o sol do presente ardem em seu ser, enquanto as sombras, na pele do passado, cobrem a geografia de suas cicatrizes.

Dentes

Coincidência ou não, ao mesmo tempo que os dentes de leite dele começaram a cair, sobretudo os da frente, abrindo o vazio em seu sorriso, as hélices de sua esperança, com a morte do pai, também passaram a apodrecer.

Descoincidência ou não, a segunda dentição lhe trouxe os dentes permanentes, fortes e ainda saudáveis. Já as hélices definitivas de sua esperança continuaram quebradiças, destroçando-se com os movimentos da vida.

Três e meia

Sim, dormir é um modo interino de morrer. Para aceitar a inevitabilidade da vida com a mesma serenidade que se usa o diamante para cortar a pedra e a flanela para lhe dar o brilho, ele sabe como são essenciais as mortes provisórias de cada noite. Nunca as impediu de aportarem — houve períodos em que desejou, e assim o fez, ampliar o desfrute das horas mortas, mas, por hábito, preferiu lhes dar apenas fatias pequenas de tempo, já que ama sentir, embora às vezes com pesar, a vida de volta, chegando com a manhã.

Nos últimos anos, contudo, vem vivendo, de forma esporádica, o estranho fenômeno de despertar, de súbito, com assustadora precisão, às três e meia da madrugada, conforme pode comprovar, ao acender a luz do abajur, no velho relógio despertador.

Receitaram-lhe chá de ervas caseiras, escalda-pés, calmantes e outras alternativas que prontamente rejeitou.

Cavoucando explicações, encontrou uma que o arrastou à sua iniciação cristã. Três e meia da tarde seria o horário em que pregaram Cristo na cruz, no alto do Gólgota, perto de Jerusalém, o que corresponde, no país dele, situado do outro lado do mundo, às três e meia da madrugada. Seria, portanto, a hora auge do mal que, todo dia, no sítio da crucificação, e toda noite, na cidade dele, se manifesta para os sensitivos. Ou para os malogrados. Segundo a mesma fonte, Cristo teria morrido pouco depois, às quatro horas. Esse detalhe o impressiona.

Porque, embora acorde assustado às três e meia da madrugada, retorna ao sono, morrendo de novo interinamente, quando soam as exatas quatro horas.

Letras

Quando aprendia a escrever, no primeiro ano da escola, sentava-se na sala ao lado de uma menina. Embora quase não se falassem, miravam-se um ao outro como um mistério. Ela às vezes faltava à aula, e, em tais ocasiões, ele sentia seu próprio ser se ausentar, o gosto de estar ali se fechava à chave. Certa vez, num relance, viu a calcinha florida dela: o verbo se principiava nele, e também o abc do desejo.

Jamais imaginaria que os dois inícios, o da escrita e o da volúpia, o levariam a descrever, um dia, tantos anos depois, o fogo-oculto que, em menino, crepitara nas primeiras letras daqueles dois alfabetos:

No corpo-das-palavras, minha-língua-em-chamas encontra o vértice de suas coxas. Inflama-se no veludo de sua-pélvis e se incendeia no pórtico-estreito, que se abre, úmido de desejo, quando a minha-fala lambe os seus-grandes-lábios. E enquanto se dá a dupla-entrega, o prazer se alteia nas labaredas do-nosso-silêncio.

Aditivo

Toda vez que vê um pai idoso com o filho adulto, ele pensa que nunca viveu um momento desses, comum (certamente para os dois) e tão desejado em seu âmago. Lembra-se de ser menino e de estar com o pai na varanda de casa, servindo-se da tarde com a silenciosa gratidão daqueles que se sabem abençoados. Não sente inveja, nem rancor, não reclama do que perdeu, não culpa ninguém pelo vazio que já se inteirou, há muito, de sua alma. Apenas não consegue deter a tristeza que, como ponteiro de uma bússola quebrada, põe-se a girar, incansável e enlouquecidamente. Mas então, não como forma de substituição nem piedade compensadora do cosmos, pensa no filho adulto que, junto dele, velho pai, caminha no verão pela areia de certa praia onde o sol resplandece como se fosse eterno. Sabe que o rapaz é um aditivo ao seu contrato com a vida, e, por isso, procura senti-lo fora de sua coleção de ausências. Por isso, se exagera em seu amor nunca declarado, se alegra pelo que tem, e tenta esquecer o que não teve e jamais terá. Por isso, escreve, tentando aquietar a lacuna profunda que o inflama.

Novo aditivo

Toda vez que vê um pai idoso com a filha adulta, ele pensa que nunca viverá um momento desses, comum (certamente para os dois) e tão desejado no seu âmago. Lembra-se de sua condição de pai velho e de estar com a menina no quintal de casa, servindo-se da tarde com a silenciosa gratidão daqueles que se sabem abençoados. Não sente inveja nem rancor, não reclama do que vai perder, não culpa ninguém pelo vazio que vai se inteirar, um dia, na alma dela. Apenas não consegue deter a tristeza que, como ponteiro de uma bússola quebrada, põe-se a girar, incansável e enlouquecidamente. Mas então, não como forma de substituição nem piedade compensadora do cosmos, pensa na filha, com seus cinco anos, junto dele, velho pai, passeando na praça do bairro e brincando com a tarde na caixa de areia, sob o sol que resplandece como se fosse eterno. Sabe que a menina é mais um aditivo ao seu contrato com a vida, e, por isso, procura senti-la fora de sua coleção de ausências. Por isso, exagera-se em seu amor nunca declarado, alegra-se pelo que tem, e tenta esquecer o que jamais terá. Por isso, escreve, tentando aquietar a lacuna profunda que o inflama.

Subtração

Toda vez que vê uma mãe e uma filha juntas, em conversa por meio de palavras ou silêncio — duas maneiras pelas quais tão bem se comunicam —, e qualquer que seja a idade de ambas, ele pensa no que elas dizem uma à outra, para além do que (de fato) estão dizendo. E sente que jamais saberá o que se dizem em verdade. As duas, como mulheres, carregam a predestinação de gerar, dentro de si, outra vida, o que ele nunca experimentará. Lembra-se da própria mãe, que o guardou por um tempo junto às vísceras, ele agora a guarda em sua coleção de perdas. Não sente inveja nem pesar pela condição de homem que lhe cabe, de ventre seco: são contratos de natureza distinta. Apenas pensa no segredo que mãe e filha partilham, nesse idioma, no qual a vida se apalavra e o verbo se corporifica, que só as mulheres compreendem. Por isso é grato a elas, por isso amando uma ele ama a todas, por isso pede perdão pela sua ignorância masculina e as reverencia em sua escrita.

Abalo

Como nenhum fato superlativo ocorria na cidadezinha, qualquer movimento incomum era capaz de fraturar a rotina, para o bem de todos, que se espantavam com o fato inesperado e se ocupavam dele durante dias.

Quando aquele ônibus de ciências, ambulante, estacionou na praça central, e de seu alto-falante ecoou uma música estranha, e sobre ela, que logo se assentou ao fundo, uma voz misteriosa enumerou as curiosidades em exposição, o assombro sacudiu os moradores. E, aos poucos, embora temerosos, os impeliu a sair de casa e visitar o enigmático "museu".

Ele foi lá com o pai, que tomou sua mão e a reteve enquanto perfizeram o corredor sombrio do ônibus, detendo-se em frente das atrações bizarras, talvez para aquietar a pulsação de seu medo, ou encorajá-lo, como a si mesmo, a desafiar o insólito que rareava em suas vidas. Mais uma vez, ele e o pai, juntos (e para sempre) na calada do instante. Ele e o pai, para além daquelas súbitas voragens.

À diferença de outros meninos, com quem depois conversou sobre as aberrações à mostra, atônitos, tanto quanto os adultos, com os variados fetos humanos, em diferentes estágios, boiando no formol dentro de vidros sujos, o que o surpreendeu, a ponto de se ver num pesadelo, foram os animais empalhados — as cabeças de alce, as onças e os jacarés de corpo inteiro, as serpentes em espiral, na posição de bote.

Naquela noite, antes de dormir, abraçou a mãe e se demorou para soltá-la. Ela insistiu, queria saber o que o inquietava, mas ele não sabia expressar a promessa que então fazia a si mesmo e cumpriria pela vida afora: que ninguém empalharia seus sentimentos — ou estariam vivos (e expostos aos outros) ou mortos (e só a ele caberia, sem a vista alheia, enterrá-los).

Abc

Ignorava, quando firmou o lápis, com a mão direita, na folha pautada do caderno escolar, para escrever a primeira letra de sua vida, *a*, e, depois, a primeira palavra, "asa", que, cinquenta anos depois, aquelas garatujas controlariam o vaivém do sangue em seu coração.

Ignorava, naquele momento epifânico, que seguiria escrevendo, a cada dia mais e sempre e tanto, e por ordem de ninguém, ao comando único de sua inquietude — e de seu deslumbramento — ante as perguntas que a realidade atirava em seu rosto, subjugado por si mesmo a se expressar para não explodir seu mundo íntimo.

E, assim, não ser um analfabeto emocional; ver nos pássaros a alegria materializada do ar, gastar-se de abraçar com suas histórias as pessoas vivas, que ele amava (e as mortas, que escorriam de seus olhos úmidos), ornar com utensílios do cotidiano o templo de sua literatura, perder-se com seu barco de sonhos no rio das noites solitárias, reduzir a distância solar entre sua periferia e seu centro, e entre seu núcleo e o dos demais, frear com as mãos nuas as pás do imenso moinho da morte, caminhar descalço e sem medo dos cacos de vidro do destino, e, sobretudo, fugir da dor que, no cio, não controlava o desejo de possuí-lo, como, aliás, é próprio de sua insidiosa escrita.

Relógio

Naquela noite de inverno, o silêncio era tanto que ouviu pela primeira vez, embora fosse uma criança crescida, as batidas de seu coração, comandando o sobe-e-desce suave de seu peito sob o pijama de flanela — o som de sua própria bomba-relógio. Assustou-se, e se de repente aquelas marés cessassem?

Assombrou-se pensando em seu coração, tão frágil, a pulsar igualmente aos domingos e às segundas-feiras, independente de tristeza ou contentamento. A pulsar, sem que ele percebesse, caso estivesse em aula na escola ou comendo o lanche no pátio à hora do recreio. A galopar, anos depois, toda vez que fazia amor. A desesperar, dali em diante, quando notícias incendiárias dizimavam suas esperanças. A se exaltar, agradecido, até hoje, sempre que contempla o horizonte ensanguentado pelos últimos raios do sol.

Sabe que a sua bomba-relógio pode explodir a qualquer hora. Mas há também a possibilidade de que, a pouco e pouco, com a perícia do tempo, venha sendo desarmada lentamente, e ele sinta o instante em que a tesoura fatal, com suas lâminas de seda, corte uma veia, e o silêncio seja tanto que o reconduza, como derradeira lembrança, àquela noite de inverno.

Quedas

Sonhou duas vezes com esta cena: do pico de uma montanha, observava o vale majestoso e quieto lá embaixo. Uma vista superlativa, mas também, da sua perspectiva, das alturas, um imenso e atrativo abismo acenando, em silêncio, para ele.

De repente, sentia o tremor da primeira e minúscula rachadura trincar o cume e, antes que se ramificasse como rastilho por toda a superfície pedregosa, num impulso para si mesmo surpreendente, o pico se atirava, como um pássaro sem asas, na paisagem do vale, estatelando-se em tantas migalhas, que, mesmo para o deus da reconstrução, seria impossível recompor.

Sonhou duas vezes com esta cena: associou o pico à elevação que lhe proporcionara o amor devoto a uma pessoa, que, de braços abertos, escolhera, de um dia para o outro, saltar e se estraçalhar sobre o vale desencantado dele.

Sonhou duas vezes com esta cena: não por coincidência, às vésperas de ser abandonado pela primeira e pela segunda mulher.

Eles

Então partiram. Cada um a seu tempo. O pai, a mãe, os tios, o primo, uns amigos, duas ou três mulheres amadas em estações distintas de sua vida. As causas: as mais diversas. Inútil e desnecessário listá-las. O período do dia em que se foram: alguns à fechadura da manhã, outros nas costas da tarde, às portas da noite, nos quartos escuros da madrugada. Não todos de uma vez, por sorte, para que ele fosse se habituando, aos poucos (o que nunca aconteceu plenamente), com os vazios tecidos, esse ao lado daquele, formando ao longo dos anos a sua teia de ausências. E esta, ao contrário daquela nas mãos de Penélope, jamais pode ser desfeita, nem sequer um ponto, mínimo que seja. É a lógica inquebrável do contrato.

Então partiram. Fato corriqueiro, banal, repetitivo, quando são pessoas desconhecidas e não constituem vértebras do nosso ser. Se continuar aqui por mais tempo, sobreviverá a muitos outros que aguardam a chamada, enquanto as folhas do calendário caem silenciosamente. Sobreviverá e, de vez em quando, como acontece pela compaixão da própria dor, pela anuência das cicatrizes que se repuxam, uns e outros avultarão, feito lampejos, num de seus sonhos, de seus pensamentos, numa linha inesperada — ei-la — de saudade.

Adendo

Então, toda vez que lê um texto seu, escrito há tempos, coisa que evita pela impotência de alterar o que tem vida própria (mesmo quando essa vida suplica com doçura por mudança), vem o abrupto impulso de fazer um adendo. Não com a intenção de operar remendos, nem atender a palavras que, no agora da releitura, pedem supressão em caso de reescrita, nem tampouco a de cerzir um trecho que, só ele percebe, esgarçou-se com o arrasto do tempo e ameaça alastrar-se por todo o tecido. Não. O adendo — sempre as metáforas — apenas como um clarão que permitiria a qualquer leitor, num vislumbre, notar certa camada de sentido que permaneceu à sombra.

Mas, toda vez que se lança a fazer um adendo, lembra-se do contrato com a vida, que não admite adendos, e que traz em letras miúdas a cláusula revelada somente naquela tempestade da infância: *aqui estás — vive o que tens de viver neste momento.* Não há como viver neste momento outro momento que não seja o próprio. Não se pode reparar o que se move rumo à última parada. Vã é a iniciativa de mudar a finalidade dos fatos, de reescrever o que veio de tinta passada — e ainda assim ele se atira, mais uma vez aqui, a essa causa perdida.

Aconteceres

Aconteceu ser aquele pai e aquela mãe. Aconteceu ser aquela cidade, aqueles anos de iniciação. Aconteceu estar lá ou ali, e, hoje, estar aqui. Aconteceu num domingo, num dia de semana. Primavera ou verão. À primeira hora da manhã, quase à meia-noite. Aconteceu no quintal de sua infância, numa viagem ao deserto do Saara, num pavilhão da caverna de Eldorado Paulista. Aconteceu ela chegar, aconteceu ela partir. Aconteceu ele encontrar liberdade na sujeição das palavras. Aconteceu alguém difamá-lo, aconteceu alguém defendê-lo. Aconteceu ouvir aqueles professores, aconteceu falar para esses alunos. Aconteceu o avião não decolar. Aconteceu aquela doença de viver e lembrar (seja o útil, seja o fútil). Aconteceu saber onde está a cura (e esperá-la se dar por completo ao fim de tudo). Aconteceu o amor e o desamor. A febre alta da sensualidade, a ereção em baixa. Aconteceu o filho, vinte anos depois a filha. Aconteceu os sessenta anos. Aconteceu alguém desprezá-lo, respeitá-lo, temê-lo. Aconteceu esquecê-lo. Aconteceu calçar sapatos 44, aconteceu variar entre sessenta e setenta e dois quilos. Aconteceu medir 1,76 metro aos dezoito anos. Aconteceu medir hoje 1,72 metro. Aconteceu num bosque de eucaliptos, numa pousada bucólica. Aconteceu e acontece e, graças a esses aconteceres, a história dele segue sendo escrita. Aconteceu e acontece. Até o dia em que não mais acontecerá.

Receita

Repetir, repetir, repetir. A mesma história. Até que a dor (por algum tempo) cesse.

Há

~~Há dias em que se sente como um veleiro, livre e sem medo de maremotos, na imensidão do oceano. Há dias em que se sente como um menino que corre para o vento e salta na piscina imaginária de um dia de verão. Há dias em que se sente deslizar por entre nuvens de lembranças, e elas se fazem e se refazem, desenhando outros sentidos de sua história. Há dias em que se sente tanto à flor da alma que pode descrevê-la de corpo inteiro, rever as veias de sua pele etérea, antes que ela retome a invisibilidade. Há dias em que ele. Há dias em que. Há dias em. Há dias.~~

AS ARTIMANHAS DO LUGAR

Porta

Da série Informações Simples, Tão Simples que Não Constam no Contrato: pode-se conhecer a verdade tanto à porta de casa quanto se abrindo para os infinitos caminhos do mundo.

Mais um ano

Naquele domingo, Dia das Mães, chegou a Santiago de Compostela depois de vinte e cinco dias caminhando — a sua primeira peregrinação. Por uma coincidência no calendário dos anos (e das imprevistas aflições), era o dia do aniversário dele. Deitado numa cama de albergue, encontrava-se só, como no instante de seu nascimento, em que o desligaram dela (pelo corte do cordão umbilical).

Lembrou-se de uma vez que, criança ainda, estava com dor de dente e, coincidentemente, ela também. Lembrou-se de que a mãe o levou ao dentista e a dor passou. Lembrou-se de que o dentista não pôde atendê-la em seguida e só o fez na manhã do outro dia. Lembrou-se de que a mãe passara a noite mordendo baixinho o sofrimento.

Ficou pensando nela, no cordão de silêncio que os unia. Ficou pensando que, por mais que andemos, as lembranças nos seguem e jamais nos distanciamos de quem amamos. Ficou pensando que as dores — até ali ele ignorava — também fazem aniversário.

Temporal

Desde menino, quando surpreendido em campo aberto por chuvas violentas, experimentava um sentimento indefinível, nem medo nem coragem. Era como se fosse, embaixo do temporal, uma espécie de frase daquela prece vigorosa da natureza: *aqui estás — vive o que tens de viver neste momento.*

Numas dessas vezes, quando se encontrava na praça da cidade com sua primeira namorada, percebeu que a chuva desabaria, mas lá permaneceu, e, quando o vento chicoteava o rosto dos dois, o beijo veio como uma celebração, uma pequena vingança contra o tempo que, no futuro, os levaria, em sua enxurrada, à morte. O tempo, como as águas, os açoitava, sem poder lhes roubar aquele instante. A morte um dia subtrairia tudo deles, sim, mas só quando aquela vivência estivesse também quase morta, jamais no momento de sua plenitude. Talvez por isso, toda vez que tomava banho com as mulheres que amou, aumentava o jato d'água até o máximo, antes de sair do boxe, e buscava o beijo delas, sentindo que pisava, de novo, na perenidade do presente, a repetida conquista do vivido que, por ser vivido, venceu naquele minuto a erosão do tempo.

Com o pai, certa ocasião, quando assistiam a uma partida de futebol na cidade grande, a tempestade caiu brutalmente sobre eles na arquibancada descoberta — e assim até o final do jogo, ora a chuva batendo neles à maneira de um rebenque, ora lhes perfurando com suas gotas de agulha. A matilha de torcedores acorreu desesperada para se abrigar sob um pequeno beiral perto do placar, mas o pai se manteve lá, e ele entendeu aquela decisão — eram feitos de igual matéria e sentimento, o sublime daquela experiência era continuar na intempérie, não fugir, tampouco se vangloriar por enfrentá-la: *aqui estás — vive o que tens de viver neste momento.*

    Com o filho, quando fizeram o Caminho de Santiago, provou da mesma certeza, sem clamar depois por vencer a travessia arriscada, nem reclamar do frio dentado que lhe roía o corpo inteiro durante as cinco horas que andaram sob a chuva torrencial, afundando os pés em pântanos e vencendo vagarosamente os encharcados campos de feno. Os pés, gelados, se tornavam insensíveis; as águas dos olhos se confundiam com as da torrente e desciam pelo rosto, o estouro dos trovões em contraste com o seco silêncio que se esparramava dentro dele, que ia à frente, como se a poupar o filho de combater primeiro as ameaças inesperadas. Ia à frente e pensava: *aqui estás — vive o que tens de viver neste momento.* Ensopados e exaustos, chegaram por fim a um povoado envolto no véu alvo, de grossa gramatura, que a tempestade estendia. Cortaram antigas ruas de pedra, ermas e escorregadias, à procura de abrigo, mas as casas, com portas e janelas fechadas, todas, pareciam miragens e seus donos amedrontados pela brutalidade que vinha das nuvens negras, dos relâmpagos humilhantes, dos ventos agressivos. Viram, então, como fresta para seu lenitivo, a porta semiaberta de uma igreja e para lá seguiram às pressas, com as parcas forças da esperança. Entraram com respeito e, sem avançar pela nave, puseram as mochilas no chão, retiraram a toalha de dentro delas e enxugaram a face, enquanto observavam as velas ardentes e o crucifixo atrás do altar. Um homem irrompeu, de súbito, da sacristia em direção a eles, e logo perceberam, pelo passo pesado e a feição fechada, que não eram bem-vindos. E, de fato, mal se acercou deles, o homem repreendeu-os, tinham emporcalhado com seus tênis de lama a entrada da igreja, ali não era albergue de peregrinos, mas a Casa do Senhor. Ele nada disse, não clamou, nem reclamou, repôs a mochila nas costas — o filho o imitou —, e os dois saíram para o mundo coberto de água. Meia hora depois, numa área ladeada de juncos, sentaram-se num banco de madeira. A chuva havia cessado e o sol surgira. Pensou: *aqui estás — vive o que tens de viver neste momento*. Mirou o filho e abriu para ele um sorriso.

Versões

Alguém disse que todo escritor tem uma única história para contar ao mundo — a sua gota na cachoeira. Escreve-a, pela primeira vez, e, descontente com seu fruto, escreve-a uma segunda vez, alterando o foco narrativo, a mitologia do protagonista, a trama, outros elementos que constituem o seu diferencial. Mas as mudanças se circunscrevem à superfície, nas águas profundas é a mesma história. Assim, ele segue produzindo suas obras, que são uma só. Seguir contando-a é inevitável, como é infiel a reminiscência que, no jogo da escrita, a realidade embaralha para abrir uma nova rodada.

Desconhecido

Em suas peregrinações, nunca se empanturrou de dados sobre o caminho. Farejava os guias para obter informações mínimas, preferindo sempre sair às escuras, simulando a mesma conduta cotidiana quanto ao futuro — ir adiante, sem expectativas. Quando nada se espera, os pés não flutuam nem ferem a terra, o desconhecimento das alternativas remove as ilusões.

Evitava saber se no percurso havia vinhedos, planaltos, campos de trigo; se as cidades da travessia eram pequenas ou enormes, se dispunham unicamente de uma ermida, se ostentavam catedrais, monumentos históricos, promontórios santos; se o céu prometia sol ardente ou se o dia estaria enovelado de nuvens. O temor não despreza os riscos, nem a prevenção os encolhe. Que viessem as incógnitas! A vida que cumpre roteiros é morte antecipada, como a realização em detalhes de um sonho matricial.

Estava com o filho, uma ocasião, fazendo o Caminho da Luz; haviam saído ao amanhecer e, após uma hora na trilha, a tempestade os surpreendeu. Sem refúgio para se abrigar, andaram a manhã inteira sob a tormenta, rasgando paisagens inundadas, até chegarem, ensopados, à cidadezinha de Caiana, cuja porta da igreja estava semiaberta. À soleira, retiraram o anoraque e a mochila das costas, marcando o chão com poças d'água e o barro de suas botas. De súbito, apareceu o padre, que os dois, na afobação, não haviam notado, e os advertiu, raivoso, por conspurcarem a Casa do Senhor.

Ele pensou na falsa fraternidade que se propagava naquele templo, desculpou-se do religioso, fez um sinal para o filho, e ambos retornaram à intempérie.

Apreciou a experiência, e fixou para si esta resolução: acolher, sem hipocrisia, os desconhecidos, que, à procura de guarida, entrassem em sua vida.

Perdição

As histórias curtas, obsessivamente sobre perdas, e, por isso, estimadas de um lado, e denegridas de outro, levaram-no à Croácia, como convidado do Festival Europeu do Conto.

Em Zagreb, onde se deu o evento, ele ganhou a companhia de Marija, universitária que cursava letras e optara pelo estudo da língua portuguesa. Enquanto treinava o idioma com um escritor, a jovem devia zelar pelo bem-estar dele e, sobretudo, que participasse pontualmente das atividades do festival. Marija cumpriu com desvelo a demanda; ao revê-la nestas linhas, sorri para ela, agradecido. Justo para quem, na ocasião, ele deixou de dizer algo fundamental — e que hoje ela certamente já descobriu por si mesma.

Num dos dias de folga da programação, resolveu conhecer Samobor, cidade medieval próxima a Zagreb; mas, por casualidade, Marija não pôde servir como guia: explicou-lhe por telefone, pela manhã, as razões de sua impossibilidade, um contratempo familiar, e lhe ensinou gentil e pacientemente os vários passos para ir a Samobor e voltar no começo da noite, quando sairia o último ônibus para Zagreb. O trâmite exigia a atenção para alguns detalhes: primeiro, ele devia pegar um trem até uma estação (de nome estranho), de lá outro trem até uma praça (de nome igualmente estranho); então embarcar num ônibus com destino a uma cidade (de nome também estranho), e, por fim, descer na quarta parada — dependendo do horário seria a quinta —, a qual corresponderia a Samobor.

O caminho de volta não era o inverso, mudavam os meios de transporte e os trechos, só os nomes estranhos permaneciam. Apreensiva, Marija o fez anotar as orientações e, em seguida, pediu para que explicasse o itinerário de ida e volta, precisava ter certeza de que ele havia compreendido.

A ele pareceu que a excessiva precaução era infundada, não lhe ocorreu ser uma prova de que envelhecera, senão à própria vista, aos olhos da jovem estrangeira — e dos organizadores do festival.

No vaivém do passeio, ora a verdade pendeu para a confiança de um, ora para o temor do outro. Ele errou um dos trens na ida, desceu do ônibus na quarta parada, quando Samobor era a quinta (teve de tomar um táxi para, por fim, alcançar aquela cidade).

Mas, uma vez lá, caminhou com prazer, ao léu, apreciando os edifícios barrocos, o castelo, a praça central, o rio Gradna. Provou o tradicional doce de mil-folhas com creme de baunilha e o vermute de frutas.

Na volta a Zagreb, equivocou-se com o nome do ônibus do primeiro trecho e chegou ao hotel quase meia-noite. Havia inúmeros recados de Marija; no último, que ligasse urgentemente. Ela o atendeu, aflita, mas logo se tranquilizou ao constatar que "seu" escritor não se perdera. Em rápido relato, omitindo as falhas cometidas, ele elogiou a beleza de Samobor, a paisagem excelsa do percurso e lhe agradeceu pelas dicas precisas. Deu boa-noite a Marija, silenciando o principal, aqui e agora expresso: que se perder, às vezes, é tudo o que se deseja.

Euforia

Da série Informações Simples, Tão Simples que Não Constam no Contrato: mesmo nos dias de euforia, quando um estúpido e inexplicável contentamento o invade, principalmente nesses dias, ela, a Vida, não deixa de lembrá-lo de onde ele veio, em quem se transformou e, sobretudo, vencido o prazo, para onde irá.

Vapor

Islândia. Passou uma temporada recluso numa cabana na floresta. Pela manhã, quando não nevava, saía a caminhar — e retornava enregelado, o frio até a medula da alma.

Enfiava-se abaixo da ducha e sentia a água pelando manar sobre seu corpo, e logo um véu de vapor o envolvia.

Em meio à fumaça, sentia-se abraçado pelo espírito da natureza, numa magna veneração à vida.

Se houvesse outro plano — num futuro póstumo —, no que ele não acreditava, mas se para lá fosse deslocado, sentiria saudade daquele envolvimento cálido, em *sfumato*. E nenhuma falta de sua gélida realidade.

Confissão

A confissão brotou, intempestiva, do silêncio do peregrino (e dele) depois de dialogarem por um tempo sem marcação, alheio às horas e avulso ao devir.

Era a primeira vez que cumpria a rota francesa do Caminho de Santiago. Partira cedo de Castrojeriz, quando mal amanhecera, e andara sozinho — assim fora desde o início em Roncesvalles, quinze dias antes — cerca de trinta quilômetros sem interrupção. Tencionava se hospedar em Frómista, como costumeiro naquela etapa, mas avançou até Población de Campos, vilarejo no qual, supunha (e confirmou), encontraria o albergue vazio. Um bilhete colado à porta informava que o hospitaleiro apareceria no fim da tarde.

Entrou e foi direto ao quarto, onde escolheu uma das camas perto da janela, de onde avistava a paisagem vibrando sob o sol intenso das duas da tarde. Tomou banho, comeu um sanduíche, lavou e estendeu a roupa no varal. Cochilou por algum tempo, despertando com os sons secos do bastão de um peregrino que chegara. Trocaram cumprimentos e se recolheram — ele a fazer anotações, o outro a consultar o guia do caminho.

O clima de fornalha dentro do quarto os obrigou, quase simultaneamente, a saírem para o jardim em frente ao albergue e se sentarem no banco de madeira, à sombra. Enquanto se apraziam ao vento, o silêncio de um se apresentou ao outro e foram, aos poucos, abrindo-se mais e mais, esse dando acesso às suas raízes íntimas e, igualmente, recolhendo daquele a imediata e recíproca entrega. E, da muda conferência irrompeu, do peregrino, um aparte inesperado de palavras:

Disse que era jornalista havia trinta anos. Disse que a frenética atividade profissional o levara a viajar pelo mundo. Disse que o trabalho ininterrupto com os fatos exteriores atirara aos desvãos da memória a sua própria identidade. Disse que, durante todos aqueles anos, vítima de uma defensiva amnésia, se esquecera do irmão que ele amava e que morrera afogado quando criança. Disse que naquele instante recuperara milagrosamente o rosto do irmão, cujos traços antes haviam se dissipado. Disse que sufocara, sob as camadas da vida atribulada de repórter, a saudade do irmão. Disse que naquele instante o ressuscitara dos entulhos da negação. Disse que, a partir daquele momento, carregaria viva a morte do irmão, como uma viga de seu ser, uma viga esmagada, porém não mais oculta na memória. Disse, disse, disse.

Ouviu a confissão do peregrino, cujo pranto continuou depois das palavras, e se manteve calado. Pensou que ele e o outro, sentados naquele banco, estavam em polos opostos. Nos últimos trinta anos, ele se lembrara todos os dias, todos, de sua perda maior — o pai —, e pedia, quando a saudade era brutal, que a memória afogasse (mesmo se provisoriamente) a sua dor. Pedia, pedia, pedia. Em vão.

Grão

Porque lembrar é um modo de confirmar que, de fato, vivemos o que vivemos. Porque lembrar é uma prova de que não estivemos sozinhos (embora possamos estar agora). Porque a pérola sempre se recorda de que nasceu de um grão de areia.

Outra confissão

A outra confissão — gravada nele para sempre como um texto essencial — brotou, vagarosa, da conversa com um peregrino, enquanto jantavam ao anoitecer.

Era a segunda vez que cumpria a rota francesa do Caminho de Santiago. Partira cedo de Castrojeriz, quando mal amanhecera, e andara com o filho — assim fora desde o início em Roncesvalles, quinze dias antes — cerca de trinta quilômetros sem interrupção. Tencionavam se hospedar em Frómista, como costumeiro naquela etapa, mas avançaram, passando por Población de Campos, e só pararam, duas horas depois, em Villamentero de Campos, onde havia um albergue improvisado: como se as palavras reservadas aos dois os aguardassem à frente; como se estivessem atrasados, correndo o risco de perdê-las, o que só não acontecera porque o silêncio dele e do filho, em diálogo, as pressentira, e os impulsionara, apesar de cansados, a encontrá-las dez quilômetros adiante.

A hospitaleira explicou que não havia restaurante no povoado; ia cozinhar um refogado para a família, o qual partilharia com um peregrino já instalado ali e, caso desejassem, também com eles — que, de pronto, aceitaram a oferta.

Descansaram do dia longo e, quando o sol morria e os eflúvios do cozido pairavam no ar, foram à cozinha para jantar. A hospitaleira, junto ao marido e à criança, findava a refeição, recolheu em seguida os pratos e se pôs a organizar a mesa para eles e o outro peregrino — um moreno alto, de rosto anguloso e expressões exauridas, que não tardou a aparecer, movendo-se com dificuldade, apoiado em seu báculo.

O estranho sentou-se à cabeceira, saudou-os, fechou os olhos e os abriu lentamente, examinando-os com cuidadosa atenção, como se diante das achas de um braseiro. Só as palavras poderiam aproximá-los, ou afastá-los, e então ele e o desconhecido se serviram delas, antes mesmo da comida. E seguiram passando-as, de uma mão para outra, como os pratos, ao longo do jantar, no qual o rapaz se manteve em silêncio, mas atento à conversa.

Pela alocução de um e outro, souberam que o peregrino era italiano, restaurador de obras de arte, especificamente afrescos renascentistas. Quando estavam em meio à refeição, após um gole de vinho, o homem disse, "Vou morrer". Ele, sem perceber o implícito na afirmação, concordou, "Todos vamos", ao que o outro, surpreendendo-o e ao filho, acrescentou, "Vou morrer em breve". E se adiantou em explicar: sofria de uma enfermidade terminal, que logo o paralisaria, conforme os prognósticos; aquela era a última viagem, última peregrinação, última jornada. Sentia já o corpo como uma armadura que arrastava a muito custo; tudo, falar, mastigar, sorrir, exigia dele incalculável esforço.

Após uma longa pausa, a última e solene claridade do sol em sua face, mirou ambos demorada e insistentemente e lhes entregou, menos como conselho do que auspício, o seguinte comentário:

Disse que os olhos dele, pai, eram os mais expressivos que encontrara na vida e assim eram porque continham (agora) um olhar amoroso para o filho. Disse que não deveria se culpar pelo que sucedera entre ele e a mulher, mãe do rapaz. Disse que o filho (agora) o conhecia mais do que nunca porque lhe franqueara definitivamente a intimidade. Disse tudo o que ele, pai, gostaria de ter dito ao filho e não o dissera (dizia-o, finalmente, pela voz do peregrino). Disse tudo o que o filho gostaria de ter dito a ele e não dissera (dizia-o, àquela hora, pelo intermédio do outro). Disse, disse, disse.

Calados, ele e o rapaz ouviram, ouviram, ouviram o peregrino, cujo pranto só secou muito depois de suas palavras. Eram outro pai e outro filho quando saíram da mesa.

Alguns dias à frente, retornando à casa, perguntaram-se, várias vezes, se àquela altura o estranho teria terminado a sua derradeira caminhada. O estranho que lhes restaurara o vínculo familiar fraturado.

Ao alto

Aos dez anos subiu, com outros meninos, na torre retransmissora de televisão instalada nas cercanias de sua cidade. Maravilhou-se com a vista das alturas, a falsa proximidade do horizonte, as casas em miniatura, a amplidão da paisagem que se desdobrava ao longe como um mapa de terra, aqui e ali coberto de relva. A elevação (e o perigo) o levaram a compreender, naquela primeira vez, o que invariavelmente, dali em diante, ele não se cansaria de comprovar quando, por acaso ou deliberação, subia a algum ponto alto e se punha a contemplar os espaços aéreos e, sobretudo, o mundo lá embaixo.

Fosse no último degrau de uma escada vertical comprida, fosse sobre o telhado de um sobrado, na cobertura de um edifício, num platô da serra da Mantiqueira, num dos mais altos picos de seu país, no cume de uma montanha dos altiplanos chilenos, fosse numa estação de esqui no cimo dos alpes suíços, ele se agarrava ao mesmo pensamento: que ninguém pode permanecer por muito tempo no topo; o topo não é local para se fixar, mas para, como um relâmpago, mostrar a imensidão das bordas. O topo é para nos lembrar que a vida humana é lá embaixo. Enganosa é, pois, a altura — quanto mais afastado do húmus de onde se ergueu, mais difícil é para o homem respirar.

Porão

Deu-se, em decorrência de um trâmite familiar, que a casa onde viveu os primeiros anos com os pais — antes de se mudar para capital — era uma construção estranha aos hábitos daquela região governada pelas altas temperaturas e escassas brisas, a única na cidade a ter um porão. Não tardou para aquela singularidade atraí-lo quando começou a perceber que o mundo, grande, está em todo lugar, inclusive sob os próprios pés; que as proezas aguardam seus agentes em qualquer metro do cotidiano; que a aventura só se consagra se há o espírito aventureiro.

Aquela segunda casa no subsolo, idêntica à de cima na qual viviam, espraiava-se vazia em todos os seus cômodos, que comportavam pequenas janelas gradeadas, por onde entravam a certas horas uns fios de luz — nas demais, o suave escuro se alternava com o intenso breu. No chão frio, de cimento cru, decantava-se a poeira refinada pela claridade, e nas paredes brancas, espremidas pelo pé-direito baixo, avultava, aqui e ali, o desenho translúcido das teias de aranha. Num desses vácuos, correspondente, no piso superior, ao seu quarto — como se precisasse descer uma camada para se encontrar consigo mesmo —, ele encontrou o refúgio, e a senha, para acessar a sua intimidade, dialogar com as suas dúvidas, atingir o próprio núcleo para o entendimento das coisas.

Entregando-se fielmente àquela bem-aventurada reclusão, sedimentou o hábito de, ante as incertezas, abrigar-se na escuridão do quarto. E lá, como no porão do passado, vai descobrindo, sem pressa — entre as sombras que, para os olhos vindos da luminosidade, mostram-se enigmáticas —, vai descobrindo, no abecedário daquela escrita secreta, os próximos passos de sua história.

O outro lado

Uma noite caminhava com seus olhos, mais que com os pés, por uma rua em Viena, a Kaerntnerstrasse, na qual as fachadas imponentes das construções resplandeciam, esticando no ar seu véu idílico. A admiração e a alegria afluíam entre as pessoas, que passeavam devagar pela calçada, estacionavam disfarçadamente diante das lojas e dos cafés, e, alguma hesitação depois, como se o idílio lá dentro fosse maior que o seu manequim — ou o seu bolso —, entravam, enfim, pelas portas de vidro, abertas à sua aproximação, entregues finalmente à invisível correnteza dos desejos. No ir e vir dos turistas não havia, à vista nua, uma segunda margem, tampouco sinal de uma terceira; ali, fosse quem fosse, o caminhante, pobre ou plebeu, era parte da corte daquele império onírico. E ele também, cavaleiro arrastado pelo fascínio da arquitetura suntuosa, pela iluminação feérica, pela vibração de vida que a todos eletrizava.

Mas depois se sentiu empanturrado, como se a beleza o anestesiasse e raptasse todos os seus sentidos, exigindo deles o esvaziamento pleno para se reavivarem e lhe devolverem a serenidade, deixando à sombra aquela lucidez artificial que, se persistisse flanando, iria lhe provocar a cegueira dos falsos contentamentos. Decidiu pegar outro rumo quando se viu à entrada da igreja de São João Batista, àquela hora aberta, mas vazia, como constatou ao se refugiar em seu interior. Leu, num cartaz antigo afixado na parede da nave, que a história da igreja se associava às Cruzadas, e, em seguida, acercou-se para contemplar o retábulo-mor. Como o silêncio entrava com ele, deixando a felicidade ruidosa da gente lá fora, ouviu um murmúrio que parecia vir de trás do altar. Deteve-se para auscultar e concluiu que eram pessoas, na sacristia ou num cômodo anexo ao fundo, falavam baixo na certa em respeito ao local sagrado.

Saiu da igreja intrigado com o vozerio, que se assemelhava a uma oração, e, para evitar outra vez o frenesi rumoroso e o esplendor da Kaerntnerstrasse, contornou a esquina mais próxima e pegou a rua de trás, paralela, que o levou, sem que o soubesse, aos fundos da mesma igreja. Então entendeu que a conversa sussurrada vinha dos pobres ali em fila — na elegante e rica Viena — que, enquanto esperavam a sopa, falavam do verão, do dia vivido, das coisas cotidianas, imanifestas na rua principal. Lá estava o outro lado, que o fascinava, o outro lado no qual as palavras ditas pelos homens no volume das confissões fiavam uma prece: a prece ao deus das coisas ocultas que, de súbito, revelam-se quando estamos à sombra.

Faísca

Daquela rua paralela à Kaerntnerstrasse, em Viena, onde nos fundos da igreja de São João Batista os pobres aguardavam a sopa da noite, o labirinto das lembranças o moveu para um posto de estrada, próximo à sua cidadezinha, e agora para lá ele retornou com o pai e a mãe. Era dezembro, o Natal se avizinhava e um dinheiro extra entrou na casa, razão pela qual a família foi, numa noite de sábado, jantar no restaurante daquele posto, procurado mais pela comida do que pela gasolina.

Havia a brisa, que vinha livremente dos campos e se enrodilhava pelas áreas iluminadas do local. A superlua figurava prateada na linha do horizonte como um imenso balão preso à Terra, e ele, junto aos pais, na fila de espera para entrar, ficou observando-a, magnetizado. Não sabia — e talvez ainda não saiba — o que fazer com aquela grandeza que sentia, era uma ruptura na ordem de seus dias, o alumbramento na medida justa para um menino fácil de se encantar (e se entristecer).

À mesa, notou que o pai e a mãe degustavam o mesmo sentimento, cresciam no seu igual tamanho; a felicidade pairava sobre eles, que a apanhavam feito ar e a respiravam fundo, os três no aumento da comunhão, tanto quanto da timidez. Não estavam habituados a abrir o momento íntimo das refeições para o olhar alheio — era tanta gente que o alarido das conversas, no entanto, convidava todos ali a deixar os pesares para trás, como os casacos no encosto das cadeiras. Não estavam habituados a ser servidos, mas aprenderam como agir naquela condição, tratando o garçom, que gentilmente os atendeu, com a mesma deferência.

Ele mirava os pais, percebia-os felizes a ponto de disfarçarem, de segurarem os sorrisos, de guardarem só para si o gosto daquela experiência. Ele se sentia maior a cada minuto, não maior que ninguém, mas maior do que era quando saíra de casa. Sentia que estar ali, vendo pelo vão da porta aberta a superlua no escuro do céu, o levaria a tocar algum mistério, via nela a sua própria expansão materializada.

Não soube explicar a gratidão que provou àquela hora, numa situação que seria comum pela sua vida inteira: a de se sentar numa cantina ou bistrô, numa pizzaria ou na praça de alimentação de um shopping, sozinho ou acompanhado, para atender à ordem do corpo, ao chamado natural da fome.

Não soube explicar a gratidão que provou àquela hora. Mas, anos à frente, o entendimento se fez ao ler sobre as categorias do nada definidas por Matichandra, filósofo também à sombra, esquecido na rua de trás, onde a realidade aloja a sua face invisível. Dos tipos de nada, apenas dois o interessaram: o *mishoum*, relativo às coisas que ainda não existem; e o *imetsum*, o estado delas depois que existiram. Naquela noite, é certo, sentira que entre esses dois nadas havia o que havia: a vida. E naquele instante, pelo qual percebera a sua totalidade, um portal se abrira para a enxurrada da memória, a oferta única do destino para ele recuperar o elo perdido (do nada de antes) e manter por um tempo mais a corrente de achados prestes a partir (para o nada de depois).

Lá estava com os pais, lançado a uma plataforma superior, um grau de consciência que, uma vez alcançado, impelia-o a seguir vivendo — embora só agora compreendesse o recado do passado. Valia seguir, mesmo com fome, com saudade, na fila dos solitários numa rua escura, fora da festa do mundo, num posto de estrada à beira do esquecimento.

No vazio entre os dois nadas, o *mishoum* e o *imetsum*, ele incandescera com uma faísca de plenitude.

Borrão

A mãe guardava numa caixa de papelão fotografias de seu casamento, do marido no quintal da casa, de um Natal remoto em família — e algumas imagens dele, filho, quando bebê, nos primeiros anos de vida, no aniversário de três anos em que se vestira de Batman.

Vivendo já na grande cidade, quando ele às vezes a visitava, a mãe pegava aquela caixa e passavam um ao outro, entre suaves comentários, o tempo represado naquelas folhas envelhecidas. Sentiam na ponta dos dedos o osso exposto da saudade, a saudade deles mesmos e dos que amavam — embora mortos, ali estavam, presos à luz que o obturador do acaso, um dia, permitira entrar. Experimentavam a eletricidade da ausência correndo pelos nervos, o vazio gravado na própria carne, que, de fora daqueles registros, continuava se deteriorando.

Numa foto, ele se via sem os dentes da frente; noutra, vestido com o uniforme escolar; numa terceira, o corte de cabelo da época, a roupa fora de moda, o olhar (ainda permanente) de espanto por algo fora da cena. E a sua favorita: ele, o pai e a mãe, apenas; o pai e a mãe com quem estaria de novo sempre que a mirasse.

Então, quando a mãe morreu, ele voltou à sua cidade para se desfazer dos pertences dela e vender a casa. Procurou pela caixa de fotografias e não a encontrou. Procurou, inquieto, outra vez, e não a encontrou. Procurou, procurou, procurou, inconformado, e não a encontrou. Nunca mais. Onde a caixa estaria? A quem interessaria aquelas imagens senão a ele?

Foto nenhuma ele possui de sua infância. Nada restou, nem sequer na memória alheia. Nada restou, e o transitório menino que ele foi definitivamente se perdeu.

Mas, em seus olhos, aquelas fotos, embora borradas, resistem, e não podem ser tiradas. Sob o seu rosto atual, as camadas do passado jamais esquecido. Melhor que seja assim: imagens desaparecidas nada prometem. Em sua câmara escura — é parte do contrato —, um grão do *imetsum* salta do líquido revelador.

Ciclos

Nas duas vezes, a mesma perplexidade. Estava informado sobre o que aconteceria, mas só sob a água sentimos no corpo o seu derrame, só sobre o fogo a mão é tocada pelo calor. Saibamos ou não como será o desfecho, não o viveremos senão à sua hora, quando então o sentiremos no ponto maduro da realidade, às vezes ao contrário de como pensávamos nos comportar.

    Chegou ao aeroporto de Ushuaia noite alta, foi direto para o hotel, onde, mal entrou no quarto, aterrissou num sono sem sobressaltos. Acordou no dia seguinte às oito horas, abriu a cortina para espiar lá fora e, como a escuridão se mantinha inalterada, a cidade hirta, pontilhada pelas luzes das casas, pareceu-lhe que habitava outra dimensão, um espaço-tempo inalcançável pelo sol. Tomou o café, agasalhou-se e saiu contra o vento gelado às ruas, já molhadas inteiramente de turistas que, em casais e em grupos, caminhavam matraqueando pelas calçadas, onde as portas das lojas se abriam, ao passo que se intensificava a circulação dos carros. A manhã se sedimentava, mas para ele era noite. Passeou sem pressa, distraindo-se com os artigos de frio à venda, conferindo o avançar das horas no relógio de pulso (nove, dez, onze), enquanto o escuro seguia sólido, como se imutável. Só depois do meio-dia um risco de claridade contornou a cúpula do céu e, aos poucos, a luminosidade natural se pronunciou, para, em seguida, de fato desabar, inaugurando definitivamente (para ele) o dia.

Chegou ao aeroporto de Estocolmo pela manhã, e de lá foi para o hotel, onde deixou a mala no quarto, tomou banho rápido e decolou para o congresso. A cidade, com seus edifícios antigos, se expunha totalmente ao sol, que se infiltrava não só nos largos espaços, mas nas frestas invisíveis aos olhos de seus habitantes — e dos estrangeiros que cortavam suas ruas e canais com máquinas fotográficas. Passou a tarde inteira na universidade, onde assistiu a palestras plenárias, apresentou seu paper, passeou pelas alamedas do campus, sob uma luz, às vezes cegante, de verão. Silenciosamente, o tempo se consumia sem nenhum indício de que iria anoitecer, como se ali o escuro tivesse sido expulso para sempre. Caminhou pela região central da cidade, onde, depois de escolher um restaurante, jantou sem pressa, observando o mundo translúcido lá fora. E quando retornou exausto ao hotel, quase à meia-noite, o sol seguia, vigoroso, sorrindo seus raios pelo céu.

Na primeira experiência, ao sul da América, na terra do fim do mundo, as águas da escuridão fluíam lentamente, alheias ao delta onde se secariam na nova manhã. Na segunda, no extremo norte do planeta, o fogo do dia continuava a queimar como se não fosse se carbonizar à entrada da noite. As palhas do agora voavam, imunes à dissolução das chamas. E as cinzas do nunca-mais levitavam, indiferentes, antes de desaparecerem na umidade do ar.

Nas duas vezes, a mesma perplexidade. E a certeza de que, graças à regularidade dos ciclos, à sombra que substitui o lume, e vice-versa, a existência cumpre, de uma margem a outra, a sua permitida travessia.

Vento

Outro episódio, entranhado nas brumas do incompreensível, o arrastou a recordá-lo. Estava na Índia, findara sua residência literária na Sangam House, perto de Bangalore. De lá partira para Nova Delhi, onde se alojara num pequeno hotel, de cujo quarto ouvia os mugidos — remetendo-o aos campos de sua cidadezinha, salpicados de vacas profanas.

Depois de gastar uns dias na capital, resolveu se deslocar num trem noturno para Jaipur, cidade com atrações como o Palácio dos Ventos, que o seduziu pelo nome e pelas fotos de suas janelas num guia turístico. Chegaria lá no estertor da madrugada, às portas do amanhecer, o que o agradava — as horas ainda no novelo do dia, e ele, na milagrosa condição de um homem vivo, a desfiá-las vagarosamente.

Acomodou-se conforme o seu bilhete no leito de uma cabine, o único vazio, os demais ocupados por hindus que o miravam como uma aparição e sorriam menos para ele do que para si mesmos. As luzes fracas do corredor do vagão, o movimento monótono do trem e a cortina do escuro lá fora, que o impedia de discernir a paisagem, atiraram-no num sono duro, filetado por flashes de consciência que estouravam com as súbitas paradas do percurso e os murmúrios em língua estranha. Emergiu da dormência com os solavancos dos freios e a algaravia dos passageiros ao redor, que recolhiam apressadamente as malas. Surpreso e ainda atado à calmaria do corpo em repouso, avistou pelo vidro uma estação na penumbra das altas horas, julgou ouvir de uma voz a palavra Jaipur e, como a quantidade afluente de pessoas saltava dos vagões para a plataforma, imaginou que chegara a seu destino.

Abandonou o trem aos tropeços, os reflexos lerdos, o entendimento mínimo da situação, e seguiu na direção do caudal de gente, imaginando que sairia num largo estacionamento ou em frente a um ponto de táxi. Desembocou numa rua exígua, de terra batida, quase às escuras, pela qual as pessoas na dianteira se enveredavam a passo lépido e em viva conversa, rebocando a custo as bagagens.

Escutou o apito da locomotiva e se deu conta de que não estava em Jaipur, mas em algum povoado precedente. Voltou às carreiras para a plataforma, não a tempo contudo de reembarcar — o trem rastejava sobre os dormentes e, ganhando velocidade, afastava-se na noite.

Reparou que a porta e a janela da estação ferroviária estavam cerradas. Pôs-se a caminhar em busca de um hotel, embora duvidasse de que houvesse algum ali. Não sabia que vilarejo era aquele. Nem se estava no miolo ou na casca da madrugada. Ao chegar a uma curva, viu luzes de postes e algumas casas pouco iluminadas. Sentiu-se, por um instante, pertencer a outra vida, que não a sua, um apátrida de si mesmo, um ser livre do mundo ordeiro, liberto da prisão que os homens erigem para não se perderem na desrazão. Uma corrente de vento, da qual jamais se esqueceu, atingiu seu rosto. Jamais se esqueceu, porque a memória negocia ininterruptamente com o esquecimento, o que reter ou apagar de seu palácio em ruínas.

Cebreiro

A manhã pulsava no fundo do escuro, quando ele e o filho despertaram no albergue de Villafranca del Bierzo para cumprir mais uma etapa do Caminho de Santiago. O plano era andar durante seis horas e atingir, trinta quilômetros à frente, o Cebreiro, vilarejo celta no alto da montanha, e lá visitar suas edificações circulares de pedra, experimentar o licor de *orujo*, jantar ao som da música galega — e continuar no dia seguinte até Samos.

E assim fizeram, atravessando os *pueblos* de Pereje e Vega de Valcarce antes de o sol nascer. Seguiram como nas etapas anteriores, um descobrindo trechos novos do outro — como o restaurador percebera e lhes dissera dias antes, em Villamentero de Campos —, e o silêncio caminhava com eles, a atrasar o passo às vezes quando conversavam sobre detalhes da trilha.

Chegaram ao Cebreiro à uma da tarde. Cruzaram o pequeno centro, onde, depois de um breve passeio, comeram pão e frutas encostados a uma bancada de pedra. Em seguida, foram para o albergue municipal, que só abria às duas horas, e notaram, já de longe, muitos peregrinos à porta, esperando pela abertura. Puseram-se no fim da fila; dali, no alto do morro, o vento ciciava e a vista do vale era magnífica.

O rapaz se sentou no chão para apreciar a paisagem, ele se juntou ao filho, os dois quietos, o instante exigia a máxima entrega à contemplação. Era tanta a beleza, que ele a sentiu insuportável, despreparado para merecê-la. Alguém escrevera que a beleza era uma promessa de felicidade. Outro alguém dissera que a beleza atraía a própria destruição. Não, ele pensou, a beleza atraía a destruição de quem a observava. Fechou os olhos, mas a vista continuava grandiosa. A vista era e seria sempre dali, pertencente àquele ponto do Cebreiro, e não a ele, que a ganhara, de passagem.

Perguntou ao filho qual a distância da cidade mais próxima. O rapaz retirou o guia da mochila, examinou-o e disse: "Liñares, três quilômetros, só descida". Ergueu-se e, entendendo o que o pai silenciosamente sugeria — talvez também sentisse que era irrespirável permanecer mais tempo naquela montanha —, pôs-se com ele a caminho.

Liñares

No albergue de Liñares, deitado após o banho, observava a tarde morrer aos poucos entre os campos de variados tons de verde. Pensava que a ideia de permanência perpétua — da vista majestosa lá de cima, no topo do Cebreiro, ou de homens comuns, como ele e o filho — era uma ilusão que cumpria estourar como bolha de sabão. Por mais que doesse. Por menos que o sonho de um momento infinito não se realizasse.

E, no entanto, sentia que, na vista esplêndida daquele mirante, a eternidade havia se detido por um instante nele e no filho. Atravessara-os feito uma agulha invisível, e, mudando de função, seguira, inalterada, costurando a carne incorruptível do tempo.

Caco

Aos dezoito, fez uma viagem, sozinho, para as cidades históricas de Minas. Conheceu, em viva presença, o passado negro, e de ouro, de seu país, a arte colonial, as jazidas de injustiça impregnadas nas construções e nos escombros dos séculos mortos, espalhados pelas montanhas alterosas. Conheceu mais de si mesmo, saindo de seus rasos de menino e pisando em regiões novas e desconhecidas, rios profundos, que se revelaram de súbito ao longo daqueles dias. E conheceu, embora inconscientemente, os primeiros relevos da geografia de sua memória, onde tantas vezes voltaria no futuro, como agora.

Quase ao fim da viagem, numa noite fria, entrou num restaurante em Tiradentes, onde pediu sopa. Uma mulher, solitária, na mesa ao lado, enquanto esperava pelo prato, ofereceu as palavras a ele, que as aceitou e, então, provaram, sem pressa, a companhia um do outro, até que jantaram juntos. Trocaram em princípio pedaços de verdade, no avançar da conversa, fragmentos maiores, e, ao fim, blocos de suas histórias pessoais — a dela mais comprida, aberta (sem arrependimento) para capítulos curtos e intensos, ele logo percebeu. Depois, saíram para saciar outra fome, que os surpreendeu simultaneamente na varanda de uma casa de amigos, onde ela estava hospedada.

Quase meio século se passou, e, certa manhã, sem ter o que escrever, a luz do sol ricocheteou neste caco esquecido de seu mosaico de lembranças e ele a reencontrou naquele restaurante, oferecendo-lhe, de novo, as palavras. Tantas vivências no cume de suas alterosas recordações, e, no entanto, eis que sobe, neste instante, à sua consciência, um ínfimo amor do passado que ele só evocaria no futuro.

Cisco

Já noutra vez, dois anos depois, uma moça se sentou ao lado dele no trem no qual viajava de Lisboa para Madri. Como não baixavam a guarda da timidez — com medo da expansão produzida pela entrega —, e, para não submergirem no silêncio que pedia voz aos dois, começaram a conversar. E era tão pouco o que diziam no princípio, nada mais que um cisco de diálogo a voar de um para outro. Mas, à semelhança do trem que avançava pela noite rumo a seu destino, também foram na direção do que a vida lhes pedia àquela hora.

Usaram as palavras, até onde foi possível, como roupas para esconder os defeitos do corpo, as marcas ganhas com os primeiros erros. Usaram as palavras, até onde as línguas diferentes permitiram, como janelas, abertas para o olhar vizinho e fechadas para o mundo remoto. Usaram as palavras como joias caras, adereços incapazes no entanto de dissimular a falsa fortuna de ambos. Usaram as palavras como água, para se refrescar, e, depois, com todo cuidado, se lavarem de si. Usaram as palavras como o fogo, para cozinhar o instante que se impunha, cru, diante dos dois. Usaram as palavras para fazer o caminho entre um e outro. E, quando chegaram à estação Atocha e se abraçaram, como dois passageiros que se esperam — o corte dela e a faca dele —, usaram as palavras para se distrair da separação que os arrebentava no fim daquela viagem.

Um cisco à contraluz, às vezes, brilha mais do que o ouro sob o sol.

Sono

A primeira vez foi no quintal de casa, sem propósito, no de repente da hora, depois de brincar com as coisas de sempre — a mangueira, as pedras, as formigas —, e sem se cansar delas, mas exaurido de si, ele se deitou na relva. Sentiu o suave leito de folhas, o coração da terra batendo em suas costas, enquanto o seu serenava sob a camisa suja. Os braços se acomodaram ao lado do tronco, as pernas soltas, o corpo aos poucos se largou naquele lago seco, e os olhos, ofuscados pelo sol, foram se fechando, se fechando, até que seu sentido de presença se dissolveu na inconsciência.

Depois repetiria a experiência, abandonando-se ao sono em outros gramados pelo mundo: Jardines de Sabatini e Plaza España em Madri, Jardin des Tuileries em Paris, Central Park em Nova York, Hyde Park em Londres, na pracinha de São Bento do Sapucaí, ao lado da igreja em Monte Verde, à beira da rampa em Extrema, num canto da Floresta da Tijuca — os locais vão se sucedendo e se diluindo na lista de evocações.

Em todos, ao despertar, foi acolhido pelo sol cálido no rosto, a pele eriçada pela brisa, o aroma de ervas — sempre o assombro, e ele a dizer para si: *Estou aqui. Estou sobre a terra. Em comunhão. Nada me dói. Não há perigo atrás de mim. Uma hora, estarei embaixo da terra. Mas, agora, estou aqui. Estou aqui — que venha o mundo.*

Inverdade

Ele tanto observou o mundo dentro de casa quanto nas numerosas viagens que vivenciou. Não conheceu a verdade em nenhum ponto do caminho. Nem sabe se ela existe, se é verdadeira, se é palpável à luz das dúvidas.

Estações

A venda da casa dos pais tardou, mas por fim se realizou e, antes de entregar a chave ao novo proprietário, foi revê-la pela última vez. Já havia conferido o seu interior muitas vezes, após ter doado os móveis e esvaziado de todos os cômodos as pistas, os rastros, as marcas da família, que durante anos desenovelara sua história ali e não mais existia. Apenas ele seguia na correnteza, que ora se aquietava entre suas orlas, ora se convulsionava nos pequenos abismos de seu curso.

Recusou-se a entrar: naquele espaço de sua vida os arquivos tinham sido apagados, somente um e outro foram transferidos para a memória, e ainda resistiam ao sol da morte. Ateve-se à área externa, primeiro ao jardim, à sua frente, à varanda e, depois, ao quintal. A fila de lembranças aumentava diante do portão e o aguardavam para se abrir. Linhas da vida que só a ele cabia reler — estavam escritas havia muito, em parte por suas mãos. Capítulos de seu livro de cabeceira, que mantinha fechado; folheá-lo seria atrair seus passos de regresso a um mundo dilacerado, de escombros invisíveis.

Passeou pelo jardim e viu a mãe se materializar, como tantas vezes em sua infância, à borda de um canteiro. Ela continuava lá, cuidando com esmero de suas plantinhas. Lá havia a estação das hortênsias. A estação dos jasmins. A estação das gérberas. A estação das ervas de tempero. A estação da pimenteira. A estação das abelhas. E, ao longo de todas elas, a estação feliz da mãe, que, de repente, entrava na sala e dizia a ele e ao pai que a semente de girassol vingara, o aroma da hortelã e do alecrim recendiam na rega, as samambaias se recuperavam, a roseira florescia.

Permaneceu ali quieto, deixando as estações renascerem e se misturarem em seus olhos, enquanto, em meio a elas, via a mãe, como numa foto, com a tesoura de poda cortando cautelosamente os ramos mortos. Uma foto que era só dele, inacessível ao olhar estranho, tirada para habitar em seu álbum, uma foto que, com o arco do sol, ia esmaecendo e só se dissolveria inteiramente quando a noite o acolhesse, para sempre, na carne da terra.

Toponímia

Um lugar sem nome. Onde a campina que ele avistava de seu quarto de menino não cresça mais. Não haja a expectativa de ver a neblina se dissolver e o cume das montanhas se definir. Onde o céu esteja livre de ser azul e límpido, de comportar nuvens de dia e ser perfurado pelas estrelas à noite. As flores não precisem atender à sina de brotar a sua beleza e colorir os jardins do mundo. As paisagens dispensem os adjetivos e subsistam ilesas sem o olhar humano. Não exista amor nem desamor e, por consequência, nenhuma chance de traição ou volúpia. E, sobretudo, não exista a agonia que sucede todo auge.

Um lugar onde ele não desperte às três e meia da madrugada. Onde não sinta a angústia de dar conta da lista de tarefas diárias. Às mãos se dispense a obrigação de colher, cultivar e carpir. Os pais não se preocupem com os filhos, nem os filhos com os pais. A mentira e a verdade tenham igual peso, e o peso efeito algum na ordem das coisas. A obsessão, seja pelo que for, tenha sido para sempre sepultada. As borboletas negras não encontrem pouso. As facas sejam dispensáveis como as sedas. A usina dos pesares esteja com o fogo morto. O contentamento não faça mais sentido. Tampouco a tristeza. As palavras tenham se calado.

Um lugar onde não haja. E onde, como todos que ganharam a prerrogativa da vida, um dia ele estará.

AS COISAS DO MUNDO

Rastelo

Os objetos, sempre os objetos atiçando a obsessão pelas metáforas. Na vã (mas nem por isso renunciável) tentativa de explicar o mundo, senão para os outros, para si mesmo.

Dia desses, de repente, o rastelo veio lhe varrer sem pressa uns pensamentos antigos. Desde menino, o instrumento o fascina. Na base do longo cabo, a travessa dentada coleta os resíduos sobre o gramado.

Tantas vezes usou o rastelo (com cuidado) em seu jardim. Recolheu as folhas secas sem ferir a relva.

Tantas vezes usou o rastelo (com cuidado) em seus relacionamentos. Recolheu as folhas secas, mas feriu a relva.

Os objetos, sempre os objetos atiçando a obsessão pelas metáforas. Na vã (mas nem por isso renunciável) tentativa de explicar o mundo, senão para os outros, para si mesmo.

Agulha e linha

Leu pela primeira vez "Um apólogo" quando pisava na adolescência. Nunca mais esqueceu o diálogo entre a agulha e a linha, que discutiam qual delas era mais importante — se aquela que, invisível, costurava o vestido usado pela mulher, ou essa, presa ao tecido e vista por todos.

Em inúmeras ocasiões, pela vida afora, ao sair de um baile, ou ser barrado à sua entrada, pensava na agulha e na linha. Num cálculo ligeiro, sentia que figurava na maioria das vezes como agulha, raramente como linha.

Certa manhã, no entanto, com a agulha e a linha tecendo o desfecho de uma história, deu-se conta de que a dualidade era falsa. Somos uma e outra. Assim como a flama é a brasa, o estilete o corte, a escrita a leitura.

Nesta precisa linha, eis, invisível, a agulha.

Alvura

A vida foi (e continua sendo) o que ele consegue fazer com as duas margens que o demarcam como homem, e o mundo, como a terceira, a consubstanciar a corrente de alteridade fluindo nele.

A vida foi (e continua sendo), desde que a leitura e a escritura invadiram seu ser, um corpo de papel no qual registra febrilmente os enganos propositais e as certezas involuntárias — e basta uma chama para a dissolução.

Como resultado de seu ardor, surgiram os personagens dissolutos (viva a imperfeição!) de suas obras. Outros, abortados, natimortos e recém-abandonados (viva a degeneração!) flutuam na nuvem de sua memória — e basta um susto para a dissipação.

Papel e nuvem. Alvos e leves, levados pelo vento do tempo — o tempo que concede e subtrai, clareia e turva, escreve e apaga.

Vidros

Tinha oito anos quando viu, pela primeira vez, uma criatura viva dentro de um vidro. O vaga-lume capturado pelo primo: as luzes verdes, tão belas, mas já perdendo a força. Ali também se movia a linguagem da morte.

Vieram os besouros, as cobras-cegas, as cobaias. Vieram os escorpiões do deserto do Saara, que mimetizavam os raios do sol, uma transparência perigosa dentro da outra.

Vieram as muitas épocas de sua vida, quando se sentiu como aqueles seres, preso e observado em seus movimentos.

Os filhos, às vezes — não há milagres para quem conhece a potência devastadora da impermanência —, o retiram das paredes cristalinas onde se vê encerrado. Destampam sem perceber a rolha da gratidão, que salta, afoita para sorver o ar. É o que basta.

Por estes tempos, vem estranhamente se sentindo fora desses vidros (todos) que o aprisionam. Não porque se libertou, tampouco porque aprendeu a conviver com suas fronteiras. Mas porque a existência, quando se avizinha da não existência, arrebenta tudo — tanto quanto a não existência implode a própria ordem, ao se arremessar na luz frágil da existência.

Pássaro

Por um lapso, o pássaro da lembrança voa de um galho da memória para o céu do presente. E desenha no ar, só para ele visível: a muda tristeza.

Jasmim

Sobre as tiras de madeira do terraço — as alegrias —, os dias tristes, como plantas trepadeiras, começaram a subir em sua travessia de menino. Demoraram muitos anos para atingir as partes mais distantes. A certa altura, quase se esturricaram ao sol de uma era feliz. Nos últimos anos, arvoraram-se tanto que ameaçam cobrir toda a estrutura.

    Ele, no entanto, não teme ser sufocado pela plenitude dessas ramas. Aprendeu com as perdas que sempre há um vazio aonde as sombras não chegam.

Rio

Da série Informações Simples, Tão Simples que Não Constam no Contrato: a árvore, regada pelo rio, não pode detê-lo; mas, se lhe atirar umas folhas, ele as levará em seu fluir.

Hábito

Por viver a infância numa terra repleta de cordões d'água, nunca mais se esqueceu deste aprendizado: pelas margens é que se rastreia um rio.

Sempre que deseja se aprofundar em alguém, acerca-se devagar e, antes de entrar nas águas alheias, aguarda silenciosamente à sua beira.

Casas

Depois que o pai morreu e, anos à frente, ele se mudou para São Paulo, a casa de sua vida, a única que habitara até então, tornou-se a casa da mãe. Lembrava-se dela em todas as outras nas quais residiu, desde as quitinetes no centro deteriorado da metrópole ao sobrado no bairro de classe média em que viveu até recentemente. E continuava a se lembrar — quando ia, às vezes, visitar a mãe.

A pequena construção de esquina, com a antiga varanda, onde ele se sentava na cadeira de vime ao lado do pai, e a área dos fundos na qual a mãe cultivava seu viveiro de plantas lá continuam. Mas, dentro dela, estava a outra, onde ele atravessou seus anos de iniciação. Sob a casa real, como uma membrana invisível, que a reproduz no universo paralelo do passado, estava aquela, a matriz, cujas paredes externas, pintadas de ocre, descascavam ao sol — igual descascavam a pele das lembranças dele.

A mãe realizara várias mudanças, obrigada pelo incisivo lastreio do tempo, sobretudo nos espaços internos. No quarto onde ele dormia, sonhava e despertava durante a infância, não havia mais o quadro do anjo da guarda, apenas a superfície lisa, na tonalidade do gelo, nem se esfumavam as cortinas de voal, substituídas pela persiana de lâminas metálicas. Mas, ao cerrar os olhos naquele cômodo, ele o revia como era na casa de antes e que seria a de sempre.

Assim era em todos os cômodos: a cozinha, a sala, o banheiro, o quintal. Estando neles, conseguia ver como eram antes, e sentia que permaneciam fortes, embora um dia fossem desabar, já que nos tijolos de pedra da verdade o vazio se alastrava, se desdobrava, se expandia.

Assim foi construindo, no edifício da imaginação, a ala norte das reminiscências e a ala sul — do esquecimento total.

Mãos

Nunca se interessou em investigar a razão do arcaico embate entre as virtudes inatas e o zelo aprendido pelo dever, mas nas mãos dele os objetos duravam muito. Um chinelo, que calçou nas duas peregrinações a Santiago de Compostela, completou quinze anos. Um barbeador elétrico chegou à maioridade. O fogão, a geladeira e o liquidificador, mesmo com uso diário, estão lá, em sua cozinha, há duas décadas. Livros, manuseados com cuidado, exibem-se quase virgens. A tela do antigo computador, onde escreve agora, cintila como nova ao sol.

Nas mãos dele — as do espírito, como as do corpo, carinhosas ao tocar as materialidades —, os sentimentos duravam muito. Mesmo os mais instantâneos, nascidos para morrer um segundo após sua eclosão, vigoravam nele um tempo maior. Assim era com a saudade: tardava a passar em alguns casos; em outros (a maioria), não cicatrizava nunca.

Nas mãos dele — questão que lhe surgira em anos recentes —, o quanto duraria sua vida? Sabia que com elas poderia, como fizera até então, assegurar o tique da escrita, da história na qual era protagonista, da convivência silenciosamente amorosa com os filhos; mas também o taque do basta, do alívio tardio, do paraíso jamais encontrado (uma caixa de comprimidos seria suficiente, uma injeção, um salto por deliberação ou descuido). Poderia.

Mas não está (só) nas mãos dele a duração de sua vida. Nas mãos dele, compulsoriamente ligadas a outras, o tique e o taque se alternam em milhares de possibilidades.

Cortes

Em suas mãos, a persistência do duradouro — que pede vincos permanentes, mas exige cortes imediatos.
Em suas mãos, os sulcos incisivos e as rupturas arrasadoras.
Em suas mãos, a dúvida entre a adaga que, brutalmente, decepa, e a gilete que, delicada, refila.

Outras mãos

O que dizem as coisas em suas mãos? A colher: dos primeiros tremores aos de agora, décadas depois. O garfo: ainda de metal, com as três agulhas, mas no futuro os de plástico, cujas pontas, com o uso diário, quebram, como as famílias. A faca: pouco afiada, para evitar cortes (porque os machucados demoram cada dia mais para coagular). Os óculos: que leva ao rosto, segurando-os cuidadosamente pelas pernas, para não entortar, enquanto as próprias, avariadas, não têm conserto. O relógio de pulso: para dar corda, embora seja dispensável — ao tomar o primeiro remédio é dia; o segundo, tarde; o terceiro e o quarto, noite. O pente: inútil para a calva, mas não para a barba alva, que ainda cresce revolta. A escova de dente: em ação na mão direita, a esquerda apoiada sobre a pia. O que dizem as suas mãos? Atuando juntas neste teclado: não desesperam. Separadas: esperam, sem medo, aquelas que, sobre o seu ventre, as enlaçarão para sempre.

Cabelos

Quando bebê, tinha cabelos encaracolados: os anéis, como fios de sol. A mãe o chamava de anjinho.

Veio o tempo dos cortes infantis: reco, aritana, moicano, tigelinha, degradê, topete.

Da adolescência em diante, até quase os quarenta, mudou e transmudou diversas vezes o penteado. Uns bons anos, adotando rabo de cavalo. Outros tantos, alternando o uso de lenços, bandanas, tiaras.

Então, os cabelos começaram a cair, e o pó prata deu para cobrir os que restavam (e ainda restam, ~~fios de luar~~) em sua calva.

Recusa-se a puxá-los para trás; deixa-os em desalinho, não liga mais para os risos e chistes que seu despenteado suscita.

O filho, um dia, comentou que seus tufos laterais faziam-no lembrar do palhaço Bozo. Riram. A filha, uma ocasião, disse que ele tinha um ninho na cabeça. Gargalharam.

Não existe mais anjinho. Os cabelos acariciados pelos dedos finos da mãe se foram há anos — tudo que cresce, enfim, exige cortes. Os poucos e ralos que restam não conhecem afago feminino, nem sequer o toque de um amor fugaz.

Mas a menina às vezes quer brincar com o ninho. Desajeitado, ele se entrega às pequeninas mãos, os olhos presos nos cabelos encaracolados dela (anéis de um novo sol).

Animais

Os de estimação. Nunca teve, nem nunca terá. Razão simples e sincera: não se sente apto a cuidar nem sequer de si, que dirá de outro ser, que dele dependa? Ignora se, apesar de seu amor, cuidou bem da mãe nas semanas finais em que ela, no hospital, concluía a passagem para o *imetsum*. Ignora, apesar da dedicação, se cuida bem do rapaz e da menina. Só não ignora suas insuficiências e seus entraves.

Sente desejo, como um animal desses, de deitar-se aos pés de alguém, à espera de um carinho. Mas a mão — da vida estirada na poltrona, ao lado — certamente o tocaria para domesticá-lo, e ele prefere manter a ~~sua~~ distância de selvagem.

Celular

Ele não tem. Para quê?

Carros

~~Os carros com que ele sonhava na juventude mais por status do que por precisão? Os carros que, com o dinheiro dos anos "gloriosos" da publicidade, ele podia comprar? Os carros de alguns conhecidos, que haviam feito de seus donos objetos?~~
Não merecem um capítulo.

A não ser o velho carro dentro do qual assiste por uns minutos a chuva cair e, então, abre a porta e, na rua, deixa-se molhar por inteiro. A não ser o velho carro que o filho, anos atrás, sentado em seu colo, brincava de dirigir. A não ser o velho carro cuja lateral raspou dias atrás no pilar da garagem. O mesmo com que leva a filha, nos fins de semana em que passam juntos, de volta à casa da mãe nas tardes de domingo. A não ser o velho carro que, na estrada da infância, se evanesce aceleradamente, na noite de superlua, quando ele, menino, foi com o pai e a mãe jantar naquela pizzaria. A não ser.

Tristezas elementares

Certos eventos causados pela distração, pela inabilidade, pela pressa, em vez de disparar a pequena ira, nele convocam imediatamente a tristeza. São acontecimentos mundanos, geram modestos prejuízos, não vão ao fundo de seu poço existencial, mas o afetam — ele não é (quem seria?) um espécime perfeito, um santo, um robô.

O leite que ferve e se derrama no fogão. A lataria do carro arranhada no pilar da garagem. O corte no rosto ao fazer a barba. As ligações insistentes dos serviços de telemarketing. A pia da cozinha que entope. O fiapo de carne preso entre os dentes. O saco de lixo furado. Os pés na poça de barro.

Como as pimenteiras (à sombra) se movem em direção ao sol, ele procura logo se consolar e desentristecer. Mas, igual a elas, não pode anular a ardência de sua natureza.

Retrato

Tinha tão pouco, o pai, que só deixou um bem (material) para ele. A mãe, dias depois do sepultamento, vendeu o velho carro ~~(precisavam do dinheiro)~~ e doou ao asilo da cidadezinha as roupas e os calçados. Para evitar a inundação nos olhos, eliminou os demais pertences do marido: salvou apenas a foto dos dois, quando se casaram, no porta-retratos sobre a mesinha de cabeceira.

Restou unicamente para ele o radinho portátil, com o qual, de cabeças grudadas ao alto-falante, ouviam juntos os jogos de futebol. Feito de aço e plástico, cor de grafite, alimentado por duas pilhas AA, ele o mantém, desde então, mudo, porque não havia, nem haverá, motivo para ligá-lo.

A ausência se traveste de múltiplos disfarces. A perda se corporifica em objetos vulgares. O totem, na aparência, não é mais que uma pedra tosca.

Lá está o radinho de meio século sobre a sua mesa de trabalho. Quando o flagra de relance, o radinho assume a forma de seu retrato com o pai. A onda longa da saudade só aumenta.

Receita

Repetir, repetir, repetir. Os mesmos erros. Até que a morte o liberte das tentativas de acertar.

978

Os números também constituíam marcadores, mesmo se duvidosos, de sua vida: nascera no dia 8, e 8, na posição horizontal, representava, nos tratados matemáticos, o infinito — o infinito que a morte do pai demonstrou não existir (ao menos, no estatuto do seu mundo). O pai morreu com quarenta e três anos, o que, na soma dos algarismos, resulta em sete, número mágico segundo os estudos esotéricos, mas que, para ele, provocou o efeito reverso da orfandade.

As datas de seus dois casamentos — e dos dois divórcios — persistiram até há pouco em sua lembrança, mas por fim se apagaram, liberando espaço para outras combinações numéricas. Como a hora, o dia, o mês e o ano de nascimento de seus filhos: o rapaz, às 14h15 de 2 de dezembro de 1996; a menina, às 15h06 de 6 de abril de 2016. Os cálculos, para ambos — não é preciso consultar um especialista em numerologia, nem ele o faria —, não apontam para existências catastróficas nem geniais. A servidão da mediana humana.

Nada de significativo também nos números de identidade, de CPF, de passaporte. Nada.

Nada, ou quase nada, na conta bancária.

E, então, o milagre: 978. Os números iniciais do ISBN das obras literárias: as de todos os autores, incluindo as dele. 978: os números que representam o país da ficção. Onde ele habita, com a sua dupla cidadania (de leitor e escritor) desde que saiu do *mishoum*. Até quando atingir o *imetsum*.

Medidas do meio

A distância entre um olho e outro. O número de dentes extraídos. A quantidade de remédios diários. O tamanho do nariz. O resíduo (em mililitros) pós-micção. O tempo de banho. Os quilômetros percorridos (cinco) em uma hora de caminhada. O consumo de café. A duração dos relacionamentos. O uso (como agora) do etc. Em quase tudo, mantém-se na média.

Algumas exceções: a metragem (extensa) da saudade, a capacidade (imediata) de se encantar, e, em seguida, o tempo (quase um recorde) de, subitamente, se entristecer.

~~Há também marcas que excedem ou estão abaixo do padrão: o pai (que perdeu cedo), a filha (que chegou tarde), a morte que, talvez, não demore tanto.~~

Ordem

À hora da escrita, para que o envolvimento seja integral, confere os objetos sobre a mesa, procedendo com zelo à arrumação, ciente de que seu ofício exige imersão. Em linha contrária, a mínima desordem o distrai de ordenar as palavras, e, ato contínuo, organizar seu pequeno mundo.

A superfície da mesa é o seu horizonte, os objetos lá estão, inertes, como barcos, à espera de seus movimentos: à direita, a xícara de café e o copo d'água; à esquerda, o lenço de papel, caso as águas saiam das raias e respinguem em seu rosto; ao fundo, o rádio de pilha herdado do pai.

E, então, começar.

Começar e seguir, sem rota, feito o navegante que ignora os encantos (e os perigos) do mar alto e, por isso mesmo, se regozija com a viagem.

Oposta é a conduta de outros aventureiros: precisam do caos à mão, a ordem os angustia, organizam seu cosmos pessoal sem se importar se o universo nas cercanias se desalinha.

A cada um, seu modo de começar — e, às vezes, se acabar. A cada um, seu jeito de viver a escrita — e de morrer.

EM MEIO AOS OUTROS

Muitos e duplos

Dos tipos que conheceu, ressaltam duas categorias especiais: 1) a do homem-multidão e 2) a do homem-duplo.

Da primeira categoria, destaca a moça evangélica (e lasciva) com quem se relacionou na época da universidade: quando entrava na sala de aula (ou no quarto dele), lá vinham, às suas costas, às vezes à sua frente, os avós missionários na Amazônia, o pai pastor da igreja, a mãe assistente social, os três irmãos menores, as amigas da infância, o vizinho fescenino, Deus e o diabo, a fila inteira de gente que nela habitava e a obrigava, o tempo todo, a mencionar ora um ora outro, como exemplos de pessoas regradas ou transgressoras.

Já a classe de homem-duplo, de expressiva representação, reúne indivíduos que tentam, sem êxito, expor o seu eu-verdadeiro; mas o seu eu-falso toma a dianteira e rege os relacionamentos. Ele conviveu com dezenas de homens desse tipo e com inúmeros casais-duplos, assistindo a muitos jogos entre os quatros eus — até participou de alguns.

Inclui-se ora numa categoria, ora noutra, pois não são excludentes, e, sim, complementares. No entanto, mesmo utópica, anseia fundar a terceira categoria: a do homem-só.

Divergência

Ao longo da vida, ouviu velhos, no acerto de contas com a própria história, afirmarem: "Eu faria tudo de novo".
　Agora que é um deles, compreende a posição desse exército, mas diverge visceralmente: teria feito muitas coisas de um jeito diferente.
　Mas, como não há segunda edição para ninguém, a diferença está na maneira como chegam ao fim: arrogantes ou arrependidos. Coisa que, para o fim em si, não faz nenhuma diferença.

Quem?

Da série Informações Simples, Tão Simples que Não Constam no Contrato: ser ninguém é, em verdade, a maior realização humana. Mas a maioria dos homens se contenta com a mediocridade de ser (ao menos) alguém.

Elementais

Em períodos entre a crença e a descrença, frequentou religiões exóticas, seitas ocultistas, sociedades secretas.

Uma delas pregava a volta à natureza pelo contato com criaturas míticas, então em litígio com os homens: duendes, gnomos, elfos. Nativo das penínsulas do imaginário, graças a dedicação à literatura, não se surpreendeu com o conhecimento enciclopédico que os praticantes tinham daqueles seres fantásticos, nem quando assistiu a um curso sobre o idioma dos djins e ganhou um livro sobre a sua gramática.

Outra corrente esotérica o iniciou nos hábitos dos elementais — os cavernículas, da terra; as salamandras, do fogo; as ondinas, da água; as arinas, do ar. Os mestres ensinaram cerimônias sigilosas para atraí-los, chamados mágicos para aprisioná-los e se beneficiar de suas prodigiosas energias. Contudo, apesar de seguir à risca as invocações, nunca viu nenhum daqueles seres — invisíveis para quem não pertencia à tal seita — saltar de seu elemento e se materializar diante dele, nem sequer sentiu, de longe, a sua presença singular. Há que aceitar a própria miopia, sem invejar a amplidão dos videntes.

Pedras

Aos dez anos, era tão sozinho que, um dia, apanhou três pedregulhos soltos na calçada de uma casa em reforma e passou a levá-los, a todo lugar, no bolso da calça. Por muito tempo, foram seus leais e silenciosos companheiros. Contava-lhes o que o afligia, e, como um intérprete nato, entendia o que lhe diziam (talvez o dissessem por ele mesmo, seus outros eus divididos). Os diálogos curtos de dia se tornavam longas conversas à noite, quando os colocava sob o travesseiro. Não raro, sonhava com montanhas voadoras, penedos vivos, grutas encantadas. Mantinha-os ocultos da curiosidade alheia, nem a mãe sabia de seu segredo.

Com a maioridade, o trânsito obrigatório pela vida comunitária e a aproximação com o esoterismo, surgiu-lhe aos poucos, mais fruto do acaso do que um intento definido, a ideia de colecionar pedras. Colocou-a em prática: a princípio, de forma despretensiosa, e, depois, planejada. Conhecera gente que colecionava de tudo: selos, carros, mulheres. Ele mesmo, embora jovem, sem perceber, já havia iniciado outras coleções — de livros, de nuvens, de perdas.

Em cada lugar que visitava, longe ou perto, apanhava do solo ou das águas um seixo, um pedrisco, uma rocha. Estudava-os, catalogava-os, comprazia-se descobrindo os efeitos da energia lápitus, o poder curativo dos cristais, a proteção espiritual das drusas.

Uma ocasião, ao passar no raio X de um aeroporto, foi

barrado e interrogado a respeito do quartzo que carregava no casaco.

Quando Lucien Sfez, convidado a palestrar na universidade onde ele lecionava, dissertou inesperadamente sobre a comunicação entre as pedras e realçou em pormenores o idioma dos minerais, a plateia toda se espantou, julgando ser um chiste ou lampejo ficcional do conferencista. Apenas ele sorriu — e acariciou a esmeralda incrustada no anel.

No dia da grande faxina, apanhou as caixas de madeira nas quais guardava suas pedras, inclusive os três pedregulhos pioneiros, e se livrou de toda a coleção. Durante uns dias, seu coração bateu dolorido, parte de sua história — viagens, paixões — desapareceu para sempre com elas. Pesavam demais, e, para ele, bastava a areia do tempo.

Os desapegos nos conduzem à leveza. Os rompimentos, à calmaria.

Coleções

Conheceu, de fato, gente que colecionava selos, carros, mulheres.

E também chaveiros, esmeraldas, amantes.

Testemunhou o volume e a raridade das peças dessas coleções. E, ato contínuo, refletia sobre como cuidavam de conservar ou de expandir as outras que ocultavam: de vaidades, de falácias, de mentiras.

Refletia sobre as suas próprias — de arrebatamentos quando criança (espantos e encantos na mesma proporção); de dissabores, mais adiante (com os dias acumulados de vazio); das faltas e dos equívocos nos anos recentes.

Refletia sobre os troféus, tanto os singelos quanto os estupendos, que as derrotas colocam em nossas prateleiras. Por eles, inapelavelmente, é que se mede a riqueza de um colecionador.

Canto

Houve uma mulher com quem tudo poderia ter sido, mas nada foi. Nada, a não ser uma viagem até as terras da família dela, numa região exuberante, onde imperavam extensos campos de soja. Antiga e charmosa era a casa da sede, macias as manhãs na varanda, onde tomavam café contemplando a dança das árvores ao vento, preguiçosas as tardes que passavam na piscina entre os ciprestes, esplendorosas as noites estreladas. E havia o que, de fato, o extasiava: a mata de eucaliptos, onde ele e ela iam passear; inebriava-o o aroma de frescor, a sombra cerrada dos galhos, a submissão de ambos ao mundo verde. Deitavam-se sobre o veludo das folhas, imersos em espesso mutismo, ouvindo os pedidos do corpo; e, como eram os mesmos, punham-se a se procurar, e, aos poucos, iam se encontrando, contidos, até se alastrarem um sobre o outro, descontrolados e famintos, como a relva sobre a terra. Numa das vezes, enquanto no bosque se ajustavam para o encaixe, ele viu, entre os ramos dos eucaliptos, no alto, um tucano, que atraiu seu olhar como um ímã. A partir de então, começou a observar pássaros com a paixão de ornitólogo. Depois de anos de intensivo exame, em sítios singelos e em florestas grandiosas, confirmou que eram como os homens: havia os pássaros-multidão (que reuniam, em suas cores e cantos, múltiplas espécies), os pássaros-duplos (que ora eram eles mesmos, ora fingiam ser outros) e os pássaros-apenas (voando, de lá para cá, solitários). Continua a observá-los, embora os três tipos sejam escassos na rua de sua casa, de combalidas árvores. Não deixa de pensar que — homens e pássaros — também o observam: e devem se condoer (ou não) de seu bico lascado, sua penugem esmaecida, seu cantar triste.

Extrema

Houve outras presenças, outros acontecimentos, outras vivências. Mas a memória, como na edição de um filme, corta cenas, insere música, usa filtros, respeita e transgride a sintaxe do desejo, monta e desmonta os fragmentos de verdade.

Entre a primeira e a segunda mulher, apareceu ela, com quem ele, numa viagem às montanhas mineiras, apanhou e segurou ternamente o futuro, como um pássaro entre os dedos, e em seguida o soltou no ar, para que retornasse ao presente do pretérito.

Estavam juntos havia algumas semanas e, na iminência de um feriado, reservaram um chalé numa pousada. Lá chegaram no estertor da tarde, e souberam que, poucos quilômetros dali, o final da estrada desembocava numa rampa, de onde saltavam os praticantes de asa-delta, e de cuja altura podiam avistar toda a região. Compraram uma garrafa de vinho, queijo e pão, e, enquanto a noite descia, subiram ao cume.

Sentaram-se na rampa, às escuras. Não havia ninguém, nem o vento. Só o silêncio, que foram cortando com uma palavra e outra, por conta da vista, tão deslumbrante quanto assustadora. Acima, o enxame de estrelas no céu. Abaixo, o derrame de luzes no vale.

Brindaram o instante, bebendo o vinho no gargalo e se servindo às apalpadelas do pão e do queijo. Sentiram-se poeira na serraria humana. Sombras perdidas no todo. Sentiram a respiração do mundo. Entregaram-se ao seu lento, mudo e imperceptível ritmo. E, na fusão febril dos corpos, foram se diluindo, um no outro, como os contornos da noite naquela paisagem suprema, dependurada no tempo. No tempo, cujas abas extremas se moveram, e pelas quais ele se viu com ela naquele momento fixo, mas não no amanhã.

    Ele se deslocou até anos à frente e não os encontrou. Ele foi ao futuro e constatou — abrupta revelação — que ela só seguiria nele como uma lembrança. Sublime. Retornável apenas uma noite (a de hoje), na escrita deste livro.

Cascalho

Houve o tio, irmão do pai, de quem ele gostava, e que lhe ensinou os primeiros palavrões. O sapateiro surdo-mudo, vizinho, com quem aprendeu frases elementares na língua dos sinais. O cabeleireiro alérgico a xampu. O médico que produzia cachaça. O guru que dançava como dervixe e enganava os seguidores com falsos mantras. A namorada evangélica, beata e sodomita. A taróloga espírita. O porteiro do hotel que o assediou. O jovem escritor suicida. O editor alcoólatra. A revisora depressiva. A chefe ninfomaníaca. O entregador de pizza fanho. Tantos os e tantos as.

Pedrinhas da cantaria humana, cascalho de gente que só existe em sua memória, assim como ele na memória dos outros. Apenas lascas, mas que, por ora, continuam em seu sedimento.

Mais brita

A área de cascalho só cresce. Revolver a brita é ação cotidiana e contínua, natural como respirar. Ao realizá-la, é fatal que salte um rípio, uma saraiva reluzente. Como o caso daquela tradutora que o acompanhou na Feira do Livro de Londres, vertendo para a língua inglesa o que ele exprimia em português.

Percebeu, no correr da tradução consecutiva, que ela acrescentava frases, explicitava inventivamente o contexto, enunciava partes novas — que ele não dissera —, acendendo a plateia.

Soube, dias atrás, que ela morrera.

Entristeceu-se.

Gostaria, em certas ocasiões, de realizar a transformação que a tradutora promovia.

Gostaria que a sua fala, por si só, ampliasse o seu dizer; que as palavras proclamassem independência dele e gerassem outras, tocando os demais com beleza, para além do que dissera.

Gostaria que as suas palavras, nas linhas acima, dissessem mais, e em maior profundidade, do que este pedrisco em homenagem a ela.

Gostaria.

Que o espaço vazio, da página a seguir, o diga.

Desconserto

Graças a esse tio, que lhe ensinou palavrões, conheceu os ardis da inventividade humana, a valência do improviso e os milagres da imaginação.

Porque o tio, astuto, hábil, laborioso, era chamado, ou mesmo se oferecia, para fazer pequenos reparos na casa dos parentes — e, com sua caixa de ferramentas, algumas de fabricação própria, e seu talento para remendos e consertos, obrava proezas que espantavam até especialistas.

Um dia, o tio se empenhou, durante horas, em arrumar o aspirador de pó avariado e, ao malograr, atirou o aparelho na parede e disparou, furioso, uma carreira de impropérios.

Ele, por sua vez, levou a lição para a pauta de suas condutas, suas relações e seus amores: desistir logo do que não se emenda, nunca ceder ao inegociável, nem se fiar na ressurreição dos sentimentos.

Amigos

Os amigos, em todas as idades, não passaram de meia dúzia — assim ele contabiliza mais um clichê. Os de ocasião se foram com a ocasião. Os da vida inteira, quase todos, já se foram da vida. Resta, a essa altura, com alguma sorte, acolher um e outro que possam ser de ocasião ou mesmo, por conta do tempo curto, amigos até o fim de sua vida.

Por sorte, como sonhador, povoado por seres imaginários, ele pode ainda contar com amigos fictícios.

Saída

"O dia mais feliz de minha vida", disse o amigo, "foi quando meu pai morreu."

Ele se assustou tanto com a revelação que nada disse; aquele comentário rumava para a linha oposta de tudo em que acreditava: o amor como desejo de permanência do outro em sua vida.

Um dia o amigo confessou que amava o pai ao extremo; mas, sabendo que o velho jamais seria feliz neste mundo, viu na morte dele a saída libertadora.

Diante daquele exemplo de amor, igual em intensidade, mas tão contrário ao seu desejo, ele pensou não em seu pai, que havia morrido há muito, mas em seus filhos: será que o amavam a ponto de saber que a sua morte seria, não obstante a dor da ausência, a felicidade final para ele?

Mortos-vivos

Amigos da infância e da juventude (já devidamente enterradas). Amigos de ocasião (todas já dissolvidas). Amigos de fé (que ele soterrou). Amigos queridos (poucos). Amigos traidores (alguns). Amigos esquecidos (muitos). Amigos dos anos 60, 70, 80 e 90.

Num sábado vazio, motivou-se a buscá-los — tão fácil googlar —, embora ao longo das décadas chegassem notícias difusas sobre uns e outros, alternâncias comuns, como enriquecimento e falência, casamento e divórcio (e novo casamento), doença e, sobretudo, morte.

Googlou e, num segundo, explodiu a lista de links, dos quais, uma vez clicados, emergiu um mundo anfíbio, em parte reconhecível (com certo esforço), em parte (bem maior) estranho, inflado de informações, fotos e vídeos. Naquele mundo, as faces que, uma tarde, estiveram tão próximas dele, as narinas disputando o ar ao redor, o coração partilhando a indestrutível vivência do mesmo (e frágil) instante, os lábios soltando as palavras válidas apenas para aquele aqui-e-agora, que, todavia, se transformara para todos num ali-e-jamais.

Messias. Paulinho. Veneno. Maioral. Samurai. Albino. Bolão. Vadinho. Meninos a quem dedicara sincera afeição. Agora, eram só nomes. Nomes desprovidos de sentimento. Cruzes no campo-santo da memória.

Amigos. A maioria mortos. Mortos-mortos. Alguns ainda vivos, mas vivos-mortos para ele. Talvez, se procurasse mais, com insistência, avançando sobre as páginas do resultado de sua busca, encontrasse um amigo vivo. Vivo-vivo. Não obstante, para este amigo, vivo-vivo, pudesse ser, como outros eram para ele, um vivo-morto.

Prato feito

Um casal de amigos, tão velhos quanto ele, convidava-o frequentemente para jantar. E porque tinha afeição sincera pelos dois, quase sempre aceitava a gentileza e gastava umas horas suaves na companhia de ambos. Reparava sempre, à mesa, a mulher fazendo o prato do marido. Não lhe parecia subserviência de um lado, mas amabilidade, nem poder do outro, mas costume.

Nas primeiras vezes, quando a amiga se ofereceu para servi-lo, agradeceu e disse preferir ele mesmo fazê-lo, de forma que, com o tempo, tão logo colocava o prato à frente do marido, ela fazia apenas um gesto para que ele, o convidado, apanhasse a comida — era o pacto entre as partes.

Não explicou a ela a razão de recusar a cortesia, senão para si mesmo: enquanto fosse possível, queria usar as próprias mãos, pois, no futuro, talvez fosse obrigado a se submeter, sem escolha, a outrem. Ou, com certeza, quando estivesse diante da morte, para que ela se servisse dele, também ele teria de se servir dela.

Iniciação

Nunca soube o motivo pelo qual aquela moça o procurou com o pedido — ou seria a intimação? — para que a iniciasse. Justo ele que, na entressafra entre a primeira e a segunda esposa, perdera a fé na entrega dos corpos e desaprendera a apagar o desejo na escuridão alheia.

Ele foi, mais pela ternura por ela do que pela lascívia ou pelo desvelo de avivar seu fogo morto.

Houve embaraço de um lado, timidez do outro; vagaroso o preâmbulo, rápido em seguida o entrosamento; sêmen e saliva em mistura; uns ganidos, umas lágrimas. E nunca mais, entre os dois — a dissociação definitiva.

Ignora se ela se lembra daquela (primeira) noite. Mas sente-a distante, brasa em agonia. Igual às suas próprias (últimas) noites de amor, mais e mais dissolutas.

As iniciações também morrem; mesmo as ardorosas um dia se esfriam inteiramente. Nem a mais sincera carícia na memória as reacende.

Real

~~Uma lembrança, a memória pode reacender ou apagar. Mas não podemos desviver o vivido. O que se tornou real jamais será novamente irreal. É para sempre.~~

A primeira vez

E a sua primeira vez? Foi com ela, não a moça do beijo na chuva, mas uma vizinha, que o conhecia desde menino. Tinha a mesma idade dele, mas quanto ao assunto e à prática estava na dianteira. E aconteceu, porque não se pode neutralizar o inevitável.

Incipiente, não se saiu como desejava — assim, aprendeu que, começar mal, às vezes, é uma bênção. Não há como ser pior depois, não há como voltar à condição anterior, não há como se des-iniciar. Passos errados, depois de inícios primorosos, levam à insegurança, ao temor do retrocesso. Quedas no começo ensinam a persistência. Melhor conhecer logo o cheiro do chão, e aí progredir. Mais vulnerável é aquele que só conhece o malogro no meio do caminho. Quem tropeça nos lances finais corre o risco de não se recuperar.

Noutras vezes, ainda com a vizinha, de repente, instado pela flecha do instinto, saltou da introdução ao amor para suas páginas avançadas, como se completasse um curso intensivo. Graduou-se, em tempo curtíssimo, em sua própria pulsação e na dela. E, dali em diante, foi um transpassar de fase a fase, até que chegaram ao ponto em que a calmaria só se ancorava nos dois quando a fome dos corpos era saciada.

Naquele auge, ela se mudou para a capital, instada pelo sonho de fazer a faculdade de letras.

O adeus foi seu primeiro movimento na longa jornada que o levou, por fim, a se doutorar em solidão.

A última vez

Ou seria melhor dizer a mais recente?

Foi com aquela que poderia ser a terceira mulher, mas não será.

Rejubilou-se.

Sentiu vigor nos arroubos: ambos, maduros, não precisavam se diplomar mais, como na juventude, nas preferências, nos pormenores e nas resistências um do outro. Raízes velhas, que se tocam acima da terra, possuem conhecimento das florações e do fenecimento. Os corpos se acertam, mesmo se movidos por um erro.

Sentiu vigor nos arroubos. Se esses fossem medidos pela régua dos primeiros tempos, ganhariam uma ou duas estrelas, como na avaliação dos críticos. Alta performance para esse é desempenho pífio para aquele.

Importou-o atestar que havia estremecimento em seu presente. Sentiu vigor nos arroubos. Mas, sem se abalar, sentiu que fora menos. A vida vinha se tornando menos. As aflições menos físicas. O desejo menos desejado, a ideia do desejo também menos intensa. O prazo de validade de muitos encantos se extinguia. Menos pesar, menos apesar. Mais, apenas a consciência das limitações, a graça terrena, o louvor ao agora.

A terceira

Ela apareceu em seu círculo de sonhos, meses atrás, quando ele já se sentia inapto para uma nova (e vã) tentativa — besouro de costas.

Esguia e elegante, como ele gostava. Terna e sensual, como ele gos... Madura e jovial, como ele... Paciente e compassiva, como...

No entanto, é preciso explosão de força para o amor. Não para ganhá-lo: para produzi-lo em si e o conceder ao outro.

Ele atingira aquela estação em que só há força para aceitar a falta de força para amar.

Crítica

Ela, a crítica, reclamou que se escondia atrás de seus textos fragmentados e sublinhou a opção dele (equivocada e limitante) por escrever unicamente contos ou romance com capítulos curtos, como se a vida fosse longa e só uma história comprida, com trechos espichados, fosse capaz de abrigar a imensidão da existência.

Ele pensa nos dias e nas noites que catalisam a vida, esses pedaços de tempo, essas fatias finas que ocultam as dores ou as expõem ao mundo.

Ele pensa na divisão das horas e se refestela com as coisas estraçalhadas, os escombros, as porções do nada que consegue empurrar para fora de suas obras (elas também, na sua totalidade, breves).

Ele pensa nos nacos de silêncio que os livros volumosos dispensam.

A sua mudez grita ao vento: benditos os grãos que fazem a grande verdade.

Elogio

Então ela, a crítica, veio, maviosa e subserviente, beijar as suas mãos. Mas percebeu em sua postura a potência da tentação. Agradeceu a leveza das palavras, sentiu em sua substância de seda a ponta dilacerante (e invisível) do exagero.

Sentiu que ela, a crítica, colocava na palma de sua mão uma pétala, e não o prego que devia mantê-lo preso ao madeiro da cruz.

Júbilo

Apenas mais um entre os bilhões de homens que estiveram por um tempo sobre a superfície do planeta Terra, e, à sua vez, cumpriram regiamente com as normas do contrato. Obrigatório para todo aquele que egressa do não ser para o ser, e, depois, em questão de dias, meses, anos ou décadas, retorna para o não ser.

Apenas mais um entre os milhões de homens nascidos nos 1960 do calendário gregoriano — e ainda vivos —, numa nação do hemisfério sul, cujas divisas, como se deu nos demais países, foram definidas com carnificinas.

Apenas mais um, fruto de um incidente corriqueiro, a confirmar a ordem natural e a indiferença dos cosmos ante a ação de seus inumeráveis atores (substituídos a todo instante por outros). Independentemente de variáveis como hora de nascimento, dia do primeiro passo, enunciação da primeira palavra.

Apenas mais um homem. E, no entanto, um mundo único. Apenas mais um entre milhões que caminham rumo ao não. E, no entanto, o coração a bater, a bater, valente, sob as costelas. Apenas mais um. E, no entanto, certas manhãs, apesar de sua insignificância, quanta vontade de continuar a ser. Apenas mais um. E, no entanto, aqui, sentindo este suspiro de júbilo.

Primeira mulher

A palavra dele tirou devagarinho a roupa da palavra dela, que já se sentia nua antes mesmo que a primeira peça, a palavra blusa, fosse jogada ao chão. A língua da palavra dele lambuzou os lábios da palavra dela, e seguiu sugando os seios, lambendo o pescoço, descendo para o ventre, a pélvis e a vulva da palavra dela, molhando-a com a ponta, lubrificando-o com a saliva, preparando para que o falo da palavra dele entrasse nela. E quando entrou, entrou e saiu, saiu e entrou inúmeras vezes, instado pela força da palavra desejo, a fricção da palavra de um na do outro, ao atingir a sua culminância, explodiu na palavra orgasmo — atirando-os, a palavra dele e a dela, para lados distintos.

Assim, deu-se o enlace entre ele e a primeira mulher, pela palavra — ambos fascinados pelo que se diziam.

Assim o verbo os conduziu à inevitabilidade da carne.

Assim foram da fala ao fato.

Do fato ao filho, que veio junto da palavra conflito.

E do conflito, com o tempo, chegaram à perfeição: a despalavra.

Segunda mulher

A primeira mulher desertou dele.

Nos anos seguintes, não se abriu para outras, senão para saciar a sede que a solidão provoca no espírito.

Inesperadamente, surgiu a segunda chance.

A sorte choveu em sua esperança esturricada.

Acreditou que fosse o mar, e a mulher entrasse fundo nele.

Que a guardasse com a fome das águas, e ela quisesse o seu líquido de homem no ventre.

Que fosse ondas e ela mergulhasse o perigo em seu vaivém.

Que fosse coragem na qual ela atirasse o corpo, para girarem misturados (sal e areia) na vertigem da liberdade.

Que a voz dele atravessasse o silêncio dela, e vice-versa como as marés.

Que a febre de um se fundisse na do outro.

Que a língua portuguesa dele lambesse o corpo estrangeiro dela e se aninhasse no centro de seu desejo.

Que fabricassem uma filha.

Que o sonho dele se fundisse com o dela e se tornasse um só.

Acreditou.

Assim foi por cinco anos.

Até que desfoi.

E restou, à vista de ambos, o mar a seco.

Novas versões

Hannah Arendt disse que todo escritor nasceu para contar uma única história, a sua contribuição mínima (mas singular) para a humanidade. Escreve-a inúmeras vezes, mudando personagens e enredo, mas sua base é fixa, impossível de ser alterada.

Insatisfeito com os dois capítulos anteriores, lança-se, nas páginas seguintes, a recontar com outras tintas a sua história de rupturas.

Armistício

Ela, a segunda mulher, chegou mansa, com as raízes de sua ternura à mostra. Aos poucos, promoveu na vida dos dois a pequena (e surda) revolução, a qual ele não mais acreditava ser possível, e os levou a um plano distante da desagregação que a convivência acelerada pelo intenso desfrute costuma produzir.

Foram tempos claros, embora soubesse que dentro da claridade se formavam devagar e clandestinamente as sombras futuras.

Foram tempos alvissareiros, como se a solidão dele não tivesse apenas saído para uma longa viagem, mas se exilado por vontade própria, em busca de um novo homem-país para se fixar.

Foram tempos amorosos, as mãos ásperas tanto quanto extasiadas pelo cultivo (inesperado) de uma lavoura doce.

Foram tempos sedentos, o corpo dele a se inteirar no corpo dela, as línguas se lavando de saliva e, logo, à procura, uma do falo, outra da vulva.

Foram tempos plácidos, as manhãs afastando as coxas para acolher o dia viril, a rede das tardes embalando as fantasias de verão, as noites abertas para as estocadas do silêncio conjugal.

Foram tempos leves, de caminhadas e trilhas pela Mata Atlântica, de taças de champanhe gelado, de ancoragens sob o sereno.

Foram tempos transmutadores, em que ela engravidou, tirou do *mishoum* a filha, que, então, promoveu revolução ainda maior na vida dele.

Foram tempos.

Foram.

Mas, enquanto os tempos eram, lá onde estava a solidão se reacendeu, sentiu saudades dele e decidiu voltar. Veio devagar, fazendo escalas, avisando-o que se preparasse para o reencontro. Até que, de fato, ela aportou, forte e saudável, disposta a retomar o seu suave massacre.

Assim, ele e sua velha solidão retomaram as núpcias — e a segunda mulher se foi, levando a filha, as duas não cabiam na arena daquele antigo casal.

Frestas

Demorou para notar: a primeira mulher que amou — e desamou porque ela assim quis — procurava vez por outra, sorrateiramente, algum mistério nas coisas dele. Justo nas coisas que nada sabem e enganam com a imobilidade e o silêncio de seus enunciados. Ela investigava nas gavetas de roupas, nos porta-joias, nos bolsos das calças esquecidas na noite dos armários, entre as páginas dos livros, nas margens da agenda, nas repartições da carteira, nas mensagens de e-mail (acessadas depois que descobriu a senha). Ele nunca a surpreendeu, mas a maneira como reencontrava suas coisas dizia — sim, as coisas também desenganam com seus enunciados fora do lugar — que as mãos e os olhos dela, curiosos, haviam passado por ali. Podia, às vezes, sentir naquele exame dissimulado o peso e o tremor das mãos dela, as mesmas que, acariciando-o com a leveza das penas, deslizavam pelas suas coxas e virilhas até seu centro, em alternância com a língua e a boca, e o conduziam à explosão do êxtase. Podia, às vezes, ver a suspeita escrever uma linha de desconfiança nos olhos dela, os olhos que, inesperadamente, fugiam dos dele, para esconder a vilania de seu ato.

Demorou para aceitar: quem busca pistas nas frestas da vida alheia quebra o contrato de lealdade, suja o cristal do espelho antes que o outro nele se mire, tenta, com asas transparentes, o impossível voo pelo céu opaco.

Demorou para dizer a ela: que ninguém guarda mistérios (se os têm) nas coisas. Que os segredos pessoais (se os há) vivem nas dobraduras da consciência (pingando ocasionalmente na memória). Que cada um possui em seu íntimo zonas de acesso restrito. Que, sobretudo, há capítulos do nosso mundo inacessíveis a nós mesmos, para nos preservar das mentiras que nos contamos — e para impedir a invasão do outro, interessado, perigosamente, em apagar seus temores num fogo que não lhe pertence.

Outras frestas

Descobriu logo: a segunda mulher que amou — e desamou porque ele assim quis — deixava as coisas, às vezes por dias seguidos, em qualquer lugar da casa, como se fossem anfíbias e vivessem em paz tanto no escuro dos armários, organizadas nas gavetas, quanto, às claras, entreabertas nos cantos em que ela as atirava. Justo as coisas que, dispersas, à semelhança das palavras, nada dizem sobre si, senão sobre quem as fixou no caos, sem lhes conceder o estatuto de texto. Ela as mantinha à revelia, abandonava-as na sala, no quarto, no banheiro, na cozinha, sobre a mesa ou embaixo, exercendo com talento a arte da desarrumação, do desleixo, do desprezo pelo comportamento dele, que gostava de ordenar tudo ao redor, como se os vincos da bagunça escondessem dele reservas de poesia. Ele evitava o conflito, embora às vezes tentasse reduzir os monturos que, pela casa inteira, se acumulavam — roupas, papéis, resíduos que iam se eternizando ali, à superfície de onde haviam sido jogados. Podia sentir o prazer dela ao vê-lo tropeçar em sapatos esquecidos no caminho ou procurar com impaciência algum objeto submerso na desordem que se alastrava por todos os lados. Podia sentir que, se fosse menos ramificada, a confusão lhe seria benéfica, aliviaria o seu apego à harmonia, abriria frestas na rigidez de sua vida.

Descobriu logo: ocasionalmente, para agradá-lo (ou seria para provocá-lo?), ela, cantarolando, punha-se a recolher as coisas amontoadas, dava-lhes destino de gaveta ou de lixo com rapidez de relâmpago.

Descobriu logo: quando ela terminava as arrumações imprevistas, as coisas, como as palavras, na posição certa, revelavam de repente resplendores antes escondidos. Resplendores que só aparecem se tiramos da nossa vista a perversidade do outro.

A primeira equação

Havia aprendido que os opostos se atraem. Era o caso dele e da primeira mulher. Ele despertava e imediatamente se erguia, o corpo de homem ereto a fugir da posição reservada aos mortos; ela, não, permanecia imóvel, entregue à indolência do sonho interrompido, como se lhe pesasse voltar à vida. Ele já abria a janela do quarto, desejava ver o mundo desenhar lá fora os traços iniciais do novo dia; ela, não, acendia a luz e se deixava mirar as paredes, coçando os olhos, tardando para aceitar que o sol se espichava pela manhã feito um gato. Ele tomava banho rápido e saía vestido do banheiro; ela fazia do chuveiro sua minicachoeira, sob a qual se molhava sem pressa, e, depois, voltava ao quarto nua, com a toalha enrolada em cone sobre a cabeça. Ele devorava frutas picadas antes do café com açúcar; ela ia direto ao café sem açúcar. E assim era, as diferenças visíveis, quesito por quesito, afirmando-se ao longo do dia, do começo ao fim de todos os dias que viveram juntos, na mesma medida em que o vínculo passional entre ambos se confirmava. Por isso, às vezes, no íntimo de suas suspeitas, ele acreditava que seria um amor efêmero. Mas a relação durou anos e anos, antes que as semelhanças, nascidas da necessidade de reduzir as diferenças, os atirassem à separação.

A segunda equação

Havia aprendido que os semelhantes não se atraem. Mas aconteceu no caso dele e da segunda mulher. Ele despertava e imediatamente se erguia, o corpo de homem ereto a fugir da posição reservada aos mortos; ela, também, saltava da cama no ato, às vezes antes dele, ávida para pôr os pés no chão e retomar a vida. Ele abria a janela do quarto, desejava ver o mundo desenhar lá fora os traços iniciais do novo dia; ela se juntava a ele, abraçava-o por trás, espremendo os seios em suas costas, o queixo sobre seu ombro, a observar os sinais vitais da cidade insone. Ele tomava banho rápido e saía vestido do banheiro; ela, também, às vezes se adiantava, atraindo-o para fazer amor sob o chuveiro, a minicachoeira da qual se retirava para se vestir ainda molhada. Ele devorava frutas picadas antes do café com açúcar; ela, igualmente, ambos permanecendo à mesa, em preguiçosa conversa. E assim era, as semelhanças visíveis, quesito por quesito, afirmando-se ao longo do dia, do começo ao fim de todos os dias que viveram juntos, na mesma medida em que o vínculo passional entre ambos se confirmava. Por isso, às vezes, no íntimo de suas suspeitas, ele acreditava que seria um amor para sempre. Mas a relação perdurou pouco, antes que as diferenças, nascidas da necessidade de reduzir as semelhanças, os atirassem à separação.

A terceira equação

As experiências anteriores o convenceram a não se fiar mais em nenhuma equação.

Resultado

No fim dos dois casamentos, as operações matemáticas — iguais às palavras que, lançadas ao papel, no desejo de sua soma produzir um texto, ao qual depois se corta, no acabamento, as arestas supérfluas — confluíram para o resultado esperado:
 a adição de antigas certezas, de novas camadas de culpa e de grávidos ressentimentos,
 a subtração dos móveis, dos quadros e das esperanças,
 a multiplicação das contas, das mágoas e dos telefonemas,
 a divisão dos livros, das lágrimas e das lembranças.

Nas duas separações, ele perdeu a convivência cotidiana com os filhos, a casa, o carro.

Ganhou, contudo, o apreço pelo pouco (o pouco que aprendeu é o suficiente), a liberdade de despossuir e o amor pelo quase nada.

Datas marcantes

Houve dias marcantes que ele, e milhões de pessoas sobre a terra (hoje, metade abaixo dela), jamais se esquecerá: 20 de julho de 1969 (quando Armstrong pisou na Lua). 21 de junho de 1970 (o domingo em que seleção brasileira conquistou o tricampeonato mundial de futebol). 9 de novembro de 1989 (a queda do muro de Berlim). 11 de setembro de 2001 (a terça-feira em que o World Trade Center desabou).

Em meio a essas datas de ressonância coletiva, que reviraram seu mundo (e o de todos) para sempre, outras, únicas e transformadoras, de índole pessoal, avultam em sua história. São raias que demarcam sua existência, embora sejam dias absolutamente comuns para os demais: 27 de agosto de 1974 (o laudo médico atestando os quarenta e cinco graus de curvatura de sua coluna). 24 de junho de 1983 (a morte do pai). 2 de dezembro de 1996 (o nascimento do filho). 6 de abril de 2016 (o nascimento da filha).

~~Estranhamente, algumas datas que perderam relevância persistem em sua memória: por que será? 23 de janeiro (aniversário da primeira mulher). 9 de dezembro (data do segundo casamento). 7 de junho (averbação do segundo divórcio). 6 de maio (chegada, em sua primeira peregrinação, a Santiago de Compostela). O esquecimento faz as próprias leis.~~

Alguém

Na época em que ele era alguém no mundo da publicidade, ela, que naquele campo, apesar de jovem, tentava sair do círculo das empresas medíocres, era ninguém, e talvez continuasse a ser. Ocorreu que se conheceram e se reconheceram — ele viu nas mãos dela as garras similares, e ela nas dele os ganchos para a moverem, num impulso inicial, em direção às alturas. Ambos se viram vítimas da urgência dos desejos e se arremessaram a uma paixão sem esperança, e, por isso mesmo, destruidora.

Ele se valeu dos ganchos para puxá-la, e ela, por sua vez, apta para a escalada, empenhou-se na subida com notável talento. Depois, como era previsível, o sonho foi mutilado pela realidade dos contrastes (tão brutos quanto as semelhanças) entre eles, e a mentira provisória na qual acreditavam se estatelou na separação definitiva.

Dia desses, os vinte anos sem notícias dela desmoronaram de forma prosaica, quando ele leu uma reportagem no jornal sobre a diretora de uma agência de publicidade internacional. Na foto, apenas o rosto, aberto num sorriso, as unhas — as garras — ocultas. Ela, por fim, se tornara alguém naquele mundo, no qual ele felizmente já era ninguém.

A ascensão fora fruto (também) do empenho dela, o que não o surpreendia. Em breve, contudo, ela descobriria que, uma vez atingido o Cebreiro, é inevitável a descida a Linãres.

Contraponto

Conheceu homens e mulheres notáveis. Talvez não como aqueles descritos por Gurdjieff — príncipes, magos e santos. Inútil a tentativa de equalizar diferentes medidas entre as gerações e as estruturas de sentimento de cada época. Comparações servem para enaltecer uma fresta (por onde se revelam maravilhas) ou desprezar outra (pela qual avultam insignificâncias).

Eram, sem dúvida, homens e mulheres superlativos. Mas, ele percebera, possuíam, como todos nós, coração espúrio — porque humanos.

Houve aquele ativista que guerreava contra o aquecimento global e deixava o ar-condicionado ligado o dia inteiro na casa vazia. Aquela jornalista que uivava em sua coluna contra a exploração de classes e não registrava a empregada doméstica em carteira. Aquele chefe que defendia o livre-arbítrio para os filhos e a eles impunha a ditadura patriarcal. Aquele terapeuta que discursava sobre a pureza e assediava as pacientes. Aquela líder feminista que, em casa, submetia-se às ordens do irmão.

Etcetera e mais etcetera e mais homens e mulheres notáveis. Todos, no entanto, com um porém: eram contrapontos dele, que possuía esplêndidos defeitos e talvez alguma qualidade.

Sábios

Atraído pelas palavras, desde menino pensava nas que designavam os homens sábios, passos à frente da medianeira dos mortais: gênios, feras, cobras, crânios, ninjas, monstros.

Conheceu intimamente alguns ao longo de sua existência. Continua atraído pelas palavras (às vezes, traído) que designam os sábios, mas não por eles.

Os gênios são ignorantes em muitos assuntos (em geral, nos mais relevantes), as feras têm seus repentes de cordeiros, as cobras são vítimas do próprio veneno, aos crânios faltam coração, os ninjas digladiam com as sombras, os monstros são predominantemente ingênuos.

Regalia

Um desses esotéricos (e, tempos depois, um psicólogo) disse a ele para agradecer por sua consciência expandida, capaz de compreender a malha de inter-relações entre as coisas e os seres. Agradecer pelo homem que, nascido numa cidade irrisória de um país periférico, filho de pessoas quaisquer, aprendera a se expressar habilmente pela escrita, passando, assim, não apenas a frequentar, mas a habitar o continente do sensível, ao qual metade da humanidade jamais teria acesso. Agradecer, como um devoto, às "entidades sagradas" pelo bônus a ele reservado, pela bênção (concedida a poucos) de ser um bem-aventurado. E o blá-blá-blá continuava, com ênfase no poder (dado aos escolhidos) de se enlevar, de se curvar ante a dádiva com que os "deuses" o presenteavam.

Em noites solitárias, retornavam aos seus ouvidos, junto ao canto dos grilos, as palavras tanto de um (o esotérico) como de outro (o psicólogo): impossível não pensar em sua inadequação para este mundo, em sua síndrome de exilado e em seu esforço de verter, para o presente, as frases do cotidiano que anunciam seu futuro.

Extraordinário privilégio saber que, uma hora, a reprodução contínua das células arrebentará a sua vida, e que de repente perderá tudo — e aí sim, a suprema regalia: nem sequer sentir as perdas e o ganho conquistado ao morrer.

Desmetaforizar

A obsessão pelas metáforas.
Nos últimos meses, passado o confinamento compulsório em virtude da pandemia, ao qual à sua se sobrepôs uma segunda camada de solidão, mais espessa, percebeu que seu exame de mundo se desmetaforizava devagar, embora não de todo, e só no estágio pleno ele chegaria à sonhada redenção. As metáforas minguavam, dia a dia, tanto as suas, invariavelmente as mesmas, renovadas com outra pele, sem o viço anterior (se é que o tinham), como as alheias, que procurava à exaustão, embora descrente de que se depararia com alguma inédita, capaz de fasciná-lo.
Descobriu a obra de um poeta que escrevia em hebraico, correu com avidez para ler seus versos. Inflou-se de alento nas primeiras páginas — perdeu-o nas seguintes: estavam lá as vetustas metáforas, mas então as oliveiras haviam se tornado figueiras, as raposas substituídas pelas hienas, os cães selvagens pelos chacais, os corvos pelas águias, a cevada pelo centeio, as facas pelos punhais, a nascente d'água pelo riacho morto.
Sentia que não apenas o mundo se desmetaforizava, mas ele também, ele sobretudo. O vazio lhe abria os braços — e não queria ser acolhido por aquelas margens do nada; não pelo nada, mas porque para expressar a sua desmetaforização se valia inevitavelmente de mais uma metáfora. Com sorte, no entanto, ela também se dissolveria.

Desalento

Encantava-se, quando aprendeu a ler, com aquelas construções inusitadas:

Aconteço-me. Sou-me. É-se o tudo. Nasci de mim. Estou vivo por conta própria. Quem me lê é. Estou tão amplo. O que te escrevo não tem começo: é uma continuação. Descanso na melancolia. Não sei usar amor. Tomo contado mundo. Andei pensando à tona de mim. A que me levará a minha liberdade? Estou numa delícia de se morrer dela. Exorbito-me então para ser. Que febre: não consigo parar de viver. Compreendi a fatalidade do acaso. Minhas raízes estão nas trevas divinas. Sou aos poucos. Só o errado me atrai. Que o fracasso me aniquile. Quero a vitória de cair. Eu te invento, realidade. Viver essa vida é mais um lembrar-se indireto dela do que um viver direto. Quero morrer com vida. Terei de pedir licença para morrer um pouco. Sou a minha própria morte.

Desencantou-se quando passou a viver da escrita. Aquelas construções não lhe diziam mais nada. Respeitava o esforço de quem as concebera. Mas não eram, nem seriam, a sua bússola. Bonitas, cercavam com palavras o impronunciável. Bonitas e inúteis. Como tudo o que se pretende pronunciar, sabendo-se incapaz.

Eram frases maneiristas, expressões goradas, sentenças vazias, apesar de seu compreensivo contexto: aspiravam ao instante fugidio, ao vulto do mistério, ao rastilho responsável pela implosão do indizível (que, atomizado, se desdiz).

O que o deleitara, a ponto de senti-lo sagrado, aos poucos e para sempre o decepcionara.

Nada como as inumeráveis reproduções (serenas ou desesperadas) das células do corpo para derrubar, um a um, os monumentos erigidos pelos sentidos.

Envelhecer arrasa (tudo).

Evidência

Tudo se ilumina. Lindo o título daquele livro. E o seu enredo. Numa festa literária, conheceu o autor — que não devia se lembrar dele, com quem dividiu o palco.

Mas, conforme se distanciou da leitura da obra, seus parâmetros foram se alterando, também seus preceitos, seus dilemas e suas concepções de beleza. A voragem do tempo liquidifica até os partidos mais sólidos.

Bela, apesar de triste, é hoje aos seus olhos a sentença verdadeira que resume a vida à contraluz daquele título: *tudo se apaga*.

O DIFÍCIL OFÍCIO

Cargos

Office boy. Estagiário. Assistente de redação. Redator júnior. Redator publicitário. Redator publicitário. Redator publicitário. Professor. Diretor de redação. Professor. Redator publicitário. Redator publicitário. Diretor de redação. Professor.
    Entre um e outro, entre um e todos, escritor.

Súmula

Emprego.   Demissão. Emprego.   Demissão.
     Emprego. Demissão. Emprego.   Demissão.   Emprego.
     Demissão. Emprego.   Demissão.
     Emprego.

           Demissão.   Emprego.   Demissão. Emprego.

Demissão.   Emprego.

           Demissão.

                Em

Alfabeto

No aprendizado das primeiras letras, toda vez que aparecia alguma palavra nova, de significado desconhecido, ele acorria ao dicionário que a mãe lhe dera de presente.

Uma noite, lendo sobre a mitologia céltica, irrompeu a palavra "sílfico". À beira do sono, deixou para pesquisá-la na manhã seguinte. Sonhou que representava um espírito da natureza, um gênio e, por extensão, um homem delicado.

Ao acordar, consultou o dicionário e constatou que "sílfico" correspondia exatamente aos significados que o sonho lhe apontara.

As palavras e os sonhos são feitos da mesma matéria: enfeitiçam, encantam, extasiam; mas, igualmente, violam, segregam, enganam (como os espíritos, os gênios, os delicados).

Motivos

A mais insidiosa maravilha é sentir-se imantado ao todo — escrever, então, por se manter na condição de parte.

O coração pleno prescinde da fala — escrever, então, para evitar esvaziá-lo.

O corpo, às vezes, se põe fora da casa do corpo — escrever, então, para reocupar o seu lugar no mundo.

Com medo, nos tornamos solitários; com amor, desaparecemos — escrever, então, para se diluir na multidão.

A existência é a glória maior — escrever, então, para excomungar as suas falsas grandezas.

Na periferia de si é que começa o outro — escrever, então, para preservar as suas fronteiras intocadas.

O encontro de dois corpos resulta em oração — escrever, então, contra a tirania das preces.

Tudo o que temos será tomado — escrever, então, para partilhar, pelo maior tempo possível, aquilo de que vão nos destituir.

O inimigo, sorrateiramente, nos invadirá — escrever, então, para franquear a sua passagem, dando-lhe o ônus de não se alijar de si.

A ovelha não se reconhece no rebanho — escrever, então, para escapar da doçura dos lobos.

Nu

Nos dias de verão, à hora da escrita, senta-se sem camisa à mesa de trabalho — os objetos sobre ela como barcos presos ao cais da ordem. Absorto pela página em branco, de costas para as forças externas, é tão vulnerável quanto uma criança. A pele esgarçada pelos anos não serve como manta protetora, nem muro de contenção para os deslizamentos do passado e as ciladas da imaginação que o arremessam à frente.

Ferido, ainda assim, no empuxo de dar vida com o sopro das palavras, um caco de seu mundo (como este) salta inevitavelmente, úmido e orvalhado, do útero de sua consciência.

Miudezas

Neruda celebrou a cebola em uma ode. Raduan reverenciou o alho. Manoel de Barros monumentou as lesmas. Imensa, a lista de escritores que encontraram beleza nas coisas menores. Ele, enquanto se aproxima cada dia mais da imensidão do fim, ama as margaridas: lindo, entre as pétalas brancas, é o miúdo sol que delas irradia.

Leitura

Depois que aprendeu a ler a palavra, jamais deixou de se espantar com as mil outras possibilidades de leitura. Vem se empenhando em descobrir nesses alfabetos espalhados no corpo das pessoas, na pele das coisas, nas paisagens do planeta, o texto em andamento que carregam e de que vão, por vezes, suprimindo capítulos ou acrescentando linhas.

Por isso, ler, com reverência, nas batidas de seu próprio coração as horas macias dos domingos. Na chuva que começa, o dia do dilúvio em que será preciso subir à arca. No rosto sorridente do estranho que se acerca, o pedido desesperado de socorro. Na epiderme jovem, o rastilho provocado por uma carícia. Nas manhãs nascentes, magníficas, a tração mortal do tempo. Na quietude dos antigos campos de batalha, o voo dos pássaros e o verde da relva que sentenciam: a vida segue. Nos bosques e nos desertos, os rastros dos homens que lá morreram. Na agonia da primavera, o seu dever de ceder a natureza à ação do verão. No tropeço de um pedestre na rua, o riso em seus lábios. No casal que se abraça no parque, o amor que ele já teve e o respeito à verdade (ou à mentira) que respiram. Na estrada da infância, a ausência do pai que permanece como pó da memória.

Por isso, ler, sem mágoa, nos inícios o final que lhes caberá. Em sua história pessoal, o que está escrito, o que foi rasurado e o que não pode ser atingido pela palavra. Nas configurações imprevistas do mundo, ler que nada de novo acontecerá sob o sol após o último suspiro, senão a tristeza (só por um tempo) de seus filhos, sufocada pelas urgências do cotidiano e pela obrigação de se esquecerem de sua falta.

Ler, ler e escrever a esse respeito, caso consiga, assim, serenar a alma, calar o dilaceramento, realegrar-se com o pouco (muito) que possui, sem deixar, a cada linha, de se espantar pelas letras que saltam de suas gastas mãos.

Oração

Aprendeu inicialmente com a mãe a fazer prece em silêncio: as palavras como contas num terço do pensamento.

Mais adiante, aprendeu que a contemplação é também uma forma de oração. Poderosa, aprendeu, é quando se torna observação cuidadosa — e ação no plano da realidade.

Aprendeu novas preces. Muitas. Viajar, aprendeu, é uma maneira (geográfica) de orar. Dançar, outra, e das mais bonitas, apesar de sua falta de jeito. Agradecer, a mais difícil das orações, porque obriga à aceitação, sem apagar a fogueira do inconformismo.

Aprendeu com a escrita a fazer prece em silêncio: as palavras como contas no terço do papel.

Receita

Quando a angústia é aguda a ponto de mal conseguir respirar, ele pega a palavra "palavras" e se põe a desventrá-la e, depois, reunindo todas as forças que só as dores indizíveis alcançam, passa a desossá-la. O resultado quase sempre é um breve esquecimento da dor. E, às vezes, o sangue da palavra "palavras" (em suas mãos) se coagulando em poesia.

Margaridas

Uma manhã, a mãe o chamou à janela da sala e disse, "Veja, a rua está cheia de margaridas". Debruçado no beiral, ele avistou lá fora, em vez de flores, uma roda de mulheres vestidas com uniforme branco e amarelo. Conversavam alegremente, expostas ao sol suave; e, a uma ordem invisível, dispersaram-se, como folhas, para diferentes direções, empunhando suas vassouras e puxando seus cestos de lixo móveis.

A mãe comentou que o prefeito contratara uma equipe de varredoras de rua e apontou, "São elas, as margaridas", ali estavam para iniciar o serviço do dia. E, antes que ele se manifestasse — a dúvida se acendera em seu rosto —, ela acrescentou que alguém lhes dera o apelido pela semelhança de suas roupas — e a simplicidade — com as flores de pétalas brancas e botão amarelo.

Entendeu a explicação e, por entender, sorriu. E sorriu porque achou bonita a relação entre a palavra, a flor propriamente e a roda de mulheres. E achou bonita a relação porque havia em seu caule a voz solar da mãe, a alvura da manhã, a humildade da linguagem.

Começou aí a sua devoção pelas margaridas — flores, varredoras, metáforas.

Teias

Foram três etapas, em seu caso, de aprendizado sobre os dizeres. A primeira, ouvir os dizeres dos outros, decodificá-los, imitá-los e, então, enunciar oralmente os seus. Depois, quando aprendeu a ler, notou nos dizeres escritos os dizeres silenciados, com mais clareza do que na voz das pessoas: constatou que esses dizeres, à sombra, dependuravam-se nas entrelinhas, conforme a tia (dos livros) lhe explicara. Na terceira etapa, ao produzir suas narrativas, compreendeu como os dizeres silenciados margeavam os dizeres escritos, às vezes saltavam à sua frente, tomavam-lhes o lugar, ou a eles se contrapunham, anulando-os, e, até mesmo, desdizendo-os.

Assim, chegou à certeza, uma das únicas (nele) sobreviventes, de que, quando falava de si, falava também do pai, da mãe, dos filhos, das mulheres amadas e perdidas, de todos aqueles que estavam escritos (em tinta forte ou hachurados) em sua história pessoal. Escolhia os dizeres sobre a sua vida, mas vinham dizeres sobre a vida dos outros em seu encalço, quietos e sorrateiros — discerníveis, no entanto, para quem sabe interpretar a translucidez dos signos. Por outro lado, quando falava sobre o pai, a mãe, os filhos, as mulheres amadas e perdidas, os conhecidos, percebia que falava, por meio dos dizeres que os contornava, de si também.

Os dizeres, orais ou escritos, geravam dizeres correspondentes, à contraluz, não enunciados mas igualmente vivos, expressivos, interpretáveis. Coisa que os estudiosos da linguagem já sabiam — mas todo homem, um dia, terá de aprender a acender o fogo com alguém, ou consigo mesmo.

Rilhando uma pedra na outra, o fogo, saído de suas mãos, mostrou-lhe, entre as chamas tremulantes, o leitor de romances — que decifra os dizeres enunciados e seus duplos ocultos. O leitor de romances costuma se ater unicamente à história do protagonista, sem saber que ela é também a sua.

O que o leitor de romances encontrará de si nos estilhaços desta história?

A gigantesca teia dos não dizeres invade a dos dizeres — e os emaranhados das duas libertam mundos individuais, represados, e, ao mesmo tempo, amordaçam num só feixe os destinos de todos nós.

Os sinos dobram por ele e por quem o lê.

Ele

Como todo ser humano novo, nos primeiros raios de consciência social, descobriu a alteridade. Mas o espanto só veio muito depois, ao se dar conta de que o outro também era ele — e, portanto, ser quem ele era, e sentir o que o aprazia e o doía, estava previsto numa cláusula do contrato.

Assim, quando acordava, já arrumava a cama, punha ordem no quarto, para que o outro ao entrar — a mãe quase sempre — não fosse sugado pelo desmazelo. Assim, quando hoje acorda, apesar de viver só, já arruma a cama, põe ordem no quarto, para que o outro ao entrar — ele mesmo — não seja sugado pelo desmazelo.

Assim, quando escovava os dentes depois das refeições, limpava com água corrente a pia do banheiro, para que o outro — a mãe ou o pai — não vissem os resíduos de comida e de creme dental.

Assim, quando hoje escova os dentes depois das refeições, apesar de viver só, limpa com água corrente a pia do banheiro, para que o outro — ele próprio ou a diarista — não vejam os resíduos de comida e de creme dental.

Assim, quando machucava (e ainda machuca) alguém com suas metáforas serrilhadas, ele sabia — porque a sentia — a gravidade da ferida.

Assim, esse saber o move, às vezes o comove e, em muitas ocasiões, o demove de certas atitudes.

Assim, nestes estilhaços de escrita, designa-se por *ele*, porque ele é outro eu — um eu que também se ata em nós.

Reescrita

Viver, a seu tempo, o que a vida oferece ou cobra dele. Em tempo posterior, lembrar o vivido e, então, compreender as sutilezas que antes, no fogo das horas, nem sequer percebera.

Viver, a seu tempo, o que a vida oferece ou cobra dele. Em tempo posterior, lembrar este vivido e, então, compreender que a vida é uma escrita e as lembranças, a sua constante reescrita.

As palavras

Com as palavras, ameniza a dor favorita do destino nele. Com as palavras, não detém o que o cessa, mas sublinha o que ao fim recomeça. Com as palavras, faz a moça do beijo na chuva reexistir, saltar, viva, do anonimato, e sorrir aqui — ~~está vendo?~~ Com as palavras, a sua trajetória, como a da lua, oculta atrás das nuvens, desloca-se vagarosamente, delineia-se entre o vão dos galhos das árvores e, de súbito, contrariando a escuridão, seu círculo de prata luminoso no céu avulta. Com as palavras, encontra a justa distância para ver o mundo — longe ou perto demais, nada se distingue com nitidez. Com as palavras, reaviva quem nele (e no mundo) morreu. ~~Com as palavras, inventa o que não há sob os seus pés.~~ Com as palavras, o que é resíduo em suas mãos se assoma em fortuna. Com as palavras, alivia a asfixia de suas limitações. Com as palavras, toca em tudo o que lhe falta e tem o que nunca terá. Com as palavras.

Poética

Não narrar fatos; descrever quadros de sentimento.

Não adotar o tempo cronológico; os anseios e as aflições não andam em linha reta, vão e voltam, como as marés.

Não nomear os personagens, exceto por fidelidade ao coração ~~ou à língua (Marija, em português, é Maria)~~; o sofrimento atinge a todos, portanto manter o anonimato.

Não ferir ninguém; cuidar apenas de seus machucados (como se fosse possível sará-los).

Não se lamuriar da sorte; reconhecer a sua miséria, sem explorá-la para obter aplausos.

Não aceitar benesses; nem por admiração, e, menos ainda, por piedade.

Escrever como filho legítimo da floresta; sentindo, sem medo, a aproximação sorrateira do fim.

Não apenas

Na última entrevista que concedeu a um jornal literário — faz tempo —, disse que a escrita de todas as vidas (todas!) não apenas esmaece como a cor dos cabelos à falta de tintura. Não apenas se dissipa pela chuva como um poema no muro. Não apenas desaparece como o contorno das nuvens à mercê dos ventos. Não apenas se dissolve como os vultos na escuridão. Não apenas se dilui como o açúcar (e o afeto) no café. A escrita de todas as vidas (todas!) é grafada na água: no instante em que escrevemos uma letra, ela se desfaz.

Uma página

Os estudiosos, em consenso, afirmam que ele é um corredor de cem metros: percorre bem pequenas distâncias, ou, em outras palavras, escreve apenas histórias breves. Mas a grande literatura é para fundistas, atletas especializados em longas distâncias.

Mesmo em seus romances, afirmam, os capítulos são curtos: os personagens, embora esféricos, são (em parte) eclipsados; pedem alargamentos no tempo-espaço diegético, mas não são atendidos.

A ninguém ele contou que, a seu ver, uma página é equivalente à vida. Impõe-se, assim, escrever algo de valor para quem está à sua frente (o rapaz ou a menina, ~~o leitor~~), antes de terminada a página — e a vida.

~~(Ambas vão acabar aí embaixo).~~

Muitas vezes, como neste inventário, ultrapassou tal medida. Como se houvesse uma segunda ou terceira vida.

Mas — os estudiosos sabem — não há.

Neste ponto, aceita o seu fracasso, embora não pela régua deles.

Saudade

A distância é como o vento, faz esquecer quem não amamos, diz a canção italiana.

Para ele, a distância o faz se lembrar dos que amou (agora, na existência dos mortos) e daqueles que ainda ama (vívidos nesta existência).

Queria reencontrar os pais — que o retiraram do *mishoum* — ao menos uma vez antes de galgar seu *imetsum*, para um abraço derradeiro, já que, com o seu fim, vão todos desaparecer.

Com os filhos, desejava estar mais vezes, e por tempo maior, não as estreitas horas entre a esperada chegada deles na sexta-feira e a silenciosa despedida no domingo.

Poderia imaginar, devanear, operar essa vontade pela escrita, seguindo os rastros de seu coração. Mas nem a ficção, com seu mar imenso, seria capaz de molhar com uma gota sequer a realidade, muito menos alagar a sua solidão.

A saudade é como a névoa, faz os olhos, úmidos, nos lembrarem de quem amamos.

Apátridas

Uma noite, apanhou ao acaso um dos velhos e esfarrapados livros que herdara da tia. Estranhamente, ao tocá-lo, sentiu tanto a falta dela que, para doer menos, só uma conversa entre ambos o apaziguaria. Uma conversa naquela sala de estar, transplantada (pelas mãos dele) para o país da ficção, o único lugar onde poderiam se reencontrar.

Estavam sentados frente a frente, como na tarde em que ela lhe mostrara a vereda para adentrar nas terras do lote 978. E, como a cena vazava de seus vazios, sentiu que deveria iniciar o diálogo, "Tia, eu", mas se calou — já estava mudo, ainda assim precisava de uma segunda trava nos lábios —, porque ali só cabia uma frase de gratidão. Porque, de súbito, compreendeu a aliança que os unira: eram dois seres solitários, afogados no sem-sentido das ocorrências e submersos no horizonte hostil do mundo.

E, no entanto, ali estavam, salvos do desamparo pelo amor às palavras (quase todas falíveis) e às histórias (que, apesar de queridas, iam se diluindo na penumbra da memória). Ali estavam, a olhar um para o outro, sem nada dizer.

Só a olhar.

O reconhecimento dos iguais (que ignoram até quando vão deter o desespero).

O velho a entregar ao novo o bastão, para que continue, pelos dois, a sonhar.

Ali estavam, sem nada dizer.

Só a olhar.

Olhar que, tantas vezes, é todo o dizer.

Por fim, de olhos fechados, agradeceu por aquele momento generoso, que o tempo — o tempo avaro —, talvez por desatenção (ou piedade), a ele concedeu.

Transferência

O modesto sucesso de seus livros rende assédio, do qual se livra facilmente, por reconhecer a sedução dos precipícios — e o fenômeno da transferência. Gostam (se é que gostam) de suas histórias, mas pensam gostar dele, que desconhecem. Senão, quem se interessaria por um indivíduo partido? Julgava que ninguém, ao menos ninguém íntegro. No entanto, muita gente, de tocaia, atira-se não apenas aos pés do ídolo, mas nos braços de qualquer um. Muita gente deseja alguém por não se suportar. Muita gente de aparência serena (no fundo, atormentada) precisa da vênia dos outros para se jogar dos rochedos.

Clareza

Quando sobe ao palco nos eventos literários, os canhões de luz o cegam a ponto de não distinguir ninguém na plateia — plateia que, à sombra, o vê inteiramente, percebe, inclusive, a gola amassada da sua camisa, os seus sapatos fora de moda, o velho relógio de pulso.

Incomoda-o essa condição reversa — a vida inteira aprendeu que, às claras, o saber real se assoma.

Não por acaso, ao constatar, a cada ano, que os pelos do rosto, dos braços e do púbis clareiam mais e mais, e não tardará para alcançarem o alvo, a incongruência relampeja em seu pensamento.

Discorda da lei universal que consagra a superioridade da luz, pois, quanto mais claro, mais perto ele sente que está do escuro. A noite sobrevém somente após a regência absoluta do dia.

A plateia, portanto, lá se encontra não para aplaudir um luminar, mas incondicionalmente para aferir, sob a luz, a progressiva imersão de um escritor na treva.

É preciso ser digno e corajoso para permitir aos outros o clarão de seu apagamento.

Minibio

É costume inserir na orelha dos livros a minibiografia do autor, selecionando as suas informações conforme o contexto, o conteúdo da história, as preferências retóricas: ano de nascimento, cidade natal, obras publicadas, premiações. Nunca as derrotas, as mazelas, as afrontas críticas. O modelo canônico dos paratextos realça a condição do escritor, se é romancista, contista, poeta. Ele, narrador de *Inventário do azul*, dispensa essa gentileza já que é — como todos — ninguém.

Foto

Envaidecia-se com seu retrato na orelha dos primeiros livros, acima da breve biografia. Apesar de tímido, esforçava-se para colaborar com os fotógrafos.

Escrita da luz, a fotografia. E ele avançando a linha de sombras.

Envergonha-se, agora, de sua imagem. Negou, inclusive, submeter-se à sessão de fotos para a presente obra.

O editor insistiu. E ele o compreendeu, ao se lembrar dos aquedutos gregos, dos circos romanos, dos sítios arqueológicos: por misericórdia ou perversidade, os homens se interessam até pelas feições desfiguradas.

~~Os escombros também arrebatam.~~

OS DILEMAS DO AGORA

Safra

Da série Informações Simples, Tão Simples que Não Constam no Contrato: a mangueira cuida só de si, pois só possui as forças que lhe bastam — as raízes nada fazem senão se alimentar do solo, para dar seiva ao tronco e aos ramos. No entanto, floresce para a paisagem, verga-se de frutos que não são para ela, nem para ninguém: são para todos.

Mangueira

Leu num tratado sobre plantas que as mangueiras, em seus anos finais, dão mais frutos que árvores jovens. É como se, a cada florada, armazenassem ocultamente uma quantidade de força para ser utilizada na estação derradeira, quando então explodem de frutos. Uma festa para glorificar a vida que chega ao fim.

Resolução

Ser como a mangueira no quintal de sua infância. Distraída e alheada dos próprios frutos. Impassível ante a existência (ou não) de quem os desfrute.

~~Não~~

~~Ao entrar na velhice, não ajoelhará nem renderá graças ao adorado Deus de sua infância. Não se curvará senão à sua arcaica condição humana.~~

Cheiro

O cheiro de boas-vindas — da pele jovem da mãe.

Do leite doce e do azedo. Do suor das camisas do pai. Das manhãs da infância. Das tardes de verão na casa da avó. Do café coado entre o canto dos galos. Do prenúncio de chuva. Da chuva. Da chuva na terra. Da terra seca. Do vento aziago. Da brisa marinha. Do sêmen. Da escuridão das vulvas. De fezes. De flores no ataúde. Dos jasmins de Sevilha. Do incenso na catedral de Santiago de Compostela. Das ruas de Nova Delhi. Do sangue na boca. Do buquê do vinho tinto. Da língua em outra língua (faminta de amor).

O cheiro de despedida — da própria pele, envelhecendo.

Espelho

O tempo, engenhoso, faz a moenda da vida funcionar. Mas, em seus giros, desfaz também a vida. A vara de cana, rija, transforma-se na garapa, líquida. O bagaço é atirado na terra, que o absorve e se torna útil para o novo plantio.

Sente, diante de sua imagem, o engenho poderoso do tempo. Até certa idade, gostava de se ver no espelho — nos últimos anos, quase não se mira. Sentia que o corpo não se conciliava mais à sua forma mental. Mas o presente moeu também essa impressão de descompasso, de contínua expansão de sua sensibilidade, enquanto seu físico minguava.

Agora, seu radar instintivo registra a comunhão, que, aliás, sempre existiu, entre a matéria e o espírito. Ele se enganou, nunca houve tal desarmonia. Sabe que seus pensamentos, seus sonhos, até mesmo suas ideias fixas, também envelheceram. Perderam força, lentamente, igual seus braços e suas pernas.

Raramente se observa no espelho. Mas se vê inteiro, quando os filhos o visitam, nos olhos deles. As novas mudas, verdes, dão alguma utilidade ao bagaço. E o engenho segue girando a roda — sem que a própria roda precise se olhar.

Filhos

Era Dia dos Pais, ele perdera o seu havia décadas, mas tinha os filhos — o rapaz e a menina —, e os dois, de amores distintos e rompidos, vinham passar o domingo com ele.

Esperava-os à hora combinada, dez da manhã, diante do portão de casa, onde vivia sozinho, como se sua única intervenção no mundo fosse estar ali, como um guardião (um guardião igualmente indefeso), para recebê-los.

O rapaz chegou primeiro, a menina logo depois, trazida pela mãe. Os três se abraçaram, e os corpos, sinceros, reconheceram-se, como se partes de um ser maior.

Atravessaram o corredor externo, ele à frente, e seguiram para o quintal, onde a mesa e as três cadeiras os aguardavam sob a sombra da mangueira. O sol, naquele dia, estendia-se por tudo ao redor, como um lençol de luz, e embora esfuziante, não o era mais que o sol que ardia nele intimamente. Ele tentava agir com naturalidade, segurando nas gretas de suas palavras a profusão de felicidade que sentia.

E foi o que tinha de ser, e pouco se tem a dizer, já que não fizeram mais do que a ocasião pedia, pedia sem pedir, pedia por amor: conversaram, riram, divertiram-se e almoçaram. Ele havia encomendado uma massa, e, quando a aqueceu no forno, lembrou-se daquele distante domingo no qual fora surpreendido não pela paella, mas pela macarronada que seu próprio pai tinha preparado.

Esforçou-se para não trair a sua descrença no destino, mas

a traiu, e, silenciosamente, deixou-se arrebentar de gratidão por aquelas horas contadas com os dois. Enquanto estavam lá, à sua vista, já sentia saudades.

Sabia que demoraria para se reunirem outra vez.

Sabia que tudo ou nada podia acontecer até o novo encontro.

Sabia que os presentes, trazidos pelos filhos, ficariam sobre a mesa — e aquilo que desejava iria embora com eles.

Traços invisíveis

Depois que os filhos se foram, era só a hora dele, o sol ainda tardaria para aterrissar atrás dos prédios, mas o outro, tão grande e esplendoroso, que lhe ia por dentro, encolhera-se a ponto de não ser senão um risco de luz.

Contudo, não tinha motivo para se lamentar, sentia o regozijo até o âmago. Abriu uma garrafa de vinho e o rosto do rapaz e da menina se reconfiguraram em seus olhos. Eram ambos parecidos com as mães, dele tinham apenas traços invisíveis — certamente os mais perigosos.

~~Quem dá a vida dá também a morte. Os filhos teriam de conhecer a morte graças ao traçado de vida que ele, em parte, lhes dera.~~

Inato

Queria que os filhos conhecessem os avós: o pai e a mãe dele. Mas nasceram em margens opostas do tempo: o rapaz e a menina se fixando à vida, o avô e avó se desprendendo. Queria. Mas o querer foi interceptado a meio caminho. Os netos, como as folhas nos galhos, não tiveram contato direto com suas raízes sob a terra, que ainda lhes dão (eis o poder dos genes) alguma seiva. As ausências hereditárias de cada um. O vazio que entregamos para quem nos sucede — e que o levará como uma tocha, devagar, para não se queimar, com respeito pela chama atávica que ilumina o próprio rosto. A vida passa de pai para filho. As perdas também. Às vezes, ao nascer, o que nos falta brilha na lâmina da tesoura com a qual nos cortam a placenta em sangue.

Frio e fervor

Jamais poderia supor que a sua existência seria uma alternância entre a fé e o ceticismo. Em menino, acreditou no encantamento. A malícia não tardou para provar que os deslumbres eram, senão falsos, efêmeros.

Adolescente, desacreditou no vale das aflições. Mas elas prosperaram sob o disfarce da calmaria.

Jovem, amou Cristo, devotou-se a seus ensinamentos. Depois desaprendeu, uma a uma, as metáforas do Sermão da Montanha.

Homem novo, transformou-se num iogue. Nos anos seguintes, destransformou-se em asceta incrédulo.

Já senhor, inventou um deus para si, à sua imagem e semelhança, um deus manifesto entre a palavra e o silêncio.

Velho, sente como traição quando o frio e o fervor finalmente se irmanam. E constata, surpreso, que a sua profissão de fé — a literatura de ficção — se sustenta na crença dos leitores.

Sombras

Se tudo o que aprendemos (no curso da vida) já sabíamos (no fundo de nós), e aprender não é senão lembrar; se em infinitas laudas os eminentes pensadores seguem louvando as maravilhas da aprendizagem natural; se proliferam, desde o embrião dos tempos, os métodos mágicos — e divertidos — de se ensinar, seja o que for, para a expansão do conhecimento humano; se a educação dos cinco sentidos — para alguns, seis — é capaz de nos levar da fome à fortuna; se a todo homem é possível entender o inapreensível, e com a prática gerar e desenvolver talentos que lhe faltam;

então ele pensa, em seu íntimo altar, nos benefícios esquecidos, para não dizer desprezados, do desaprender, e sente aos seus pés a hora de desaprender lições que, durante anos, quase o invertebraram:

desaprender que a cruz de cada um não é apenas uma escolha; desaprender que se, no princípio era o verbo, no fim será o inverso; desaprender de assinalar no outro os próprios defeitos; desaprender de procurar em si os traços alheios; desaprender a aceitar a ditadura da luz como o governo do espírito e se alegrar com a rebeldia das sombras; desaprender — e talvez fracasse — a escrever; desaprender — será difícil — a lembrar, libertando-se da obrigação de aprender o que já não tem mais valia em sua existência; desaprender — impossível? — a amar, para que possa partir sem tanta tristeza, sem a devastadora saudade dos filhos, tão somente com as dores do corpo se exaurindo; desaprender a gostar do espetáculo trágico e sublime da vida, para aceitar a morte sem o desejo incendiário (que o impulsiona) de permanecer um pouco mais. Um pouco mais, para desaprender ainda mais.

Mais sombras

Chegará o tempo das manchas na pele, do refluxo, da próstata aumentada, da disfunção erétil, da queda de testosterona (e o consequente desinteresse pelo sexo), da retirada de sal e outras restrições alimentares, do aumento do plano de saúde, da aposentadoria mirrada, da vergonha de sair às ruas, do desprezo sênior da sociedade, ~~do vírus que vem de Wuhan~~.

Falta um pouco.

Então, que afaste (por ora) o desassossego.

Tudo a seu tempo.

Inclusive o tempo, que já chegou, de não se desesperar ~~com a flor do corpo já murcha, nem~~ com as inescapáveis vicissitudes que o cerco cerrado das últimas sombras há de trazer.

Borboletas

Convidaram-no para compor o corpo de jurados de um festival de publicidade numa cidade às portas do Pantanal.

Ele foi, sem desejos antecipados, sem devaneios naturalistas, sem gritar "não" para quebrar o "sim" do silêncio. Apenas abrir a porta para o instante, que leva a muitos caminhos; apenas boiar no fluxo das probabilidades em direção àquela que seus imperceptíveis atos contribuíram para trazer para perto.

Cumprido o compromisso, levaram-no, com os demais jurados, como prêmio pelo tempo dedicado à avaliação das campanhas publicitárias, a uma excursão às profundezas do Pantanal, onde passaram o fim de semana num resort incrustado nas terras alagadas. O hotel dispunha de um borboletário — dentro do qual se deu o grande daquela viagem: primeiro, pela sua delicada edificação, quase indistinta da paisagem, sob a imensa cúpula de vidro cobrindo uma poção da mata, onde o espetáculo, contínuo e hipnótico, entregava-se à vista. Segundo, pela profusão de borboletas, de todas as cores, de seus voos solitários ou em bandos, de suas danças que impunham aos olhos um caos sereno, e pela leveza com que pousavam nos dedos, nos braços, nos cabelos de quem entrasse em sua redoma. ~~A atmosfera mágica o lembrou de Maurício Babilônia e a nuvem de borboletas amarelas que o envolvia.~~ Foi um inesperado feliz — ele voejou até sua infância, aos tempos em que a realidade doía menos.

Anos depois, soube pelo jornal que um incêndio no Pantanal assolara o hotel e nada restara. Na foto da reportagem, destacava-se, entre os monturos, o borboletário derruído. Veio-lhe à mente a borboleta preta de Machado. Com um piparote, o mundo (pela mão dos homens) devasta os monumentos grandiosos, o que dirá então das frágeis maravilhas...

Algo, no entanto, sobreviveu, e ele aqui o resgata do fundo de suas memórias brutas por meio da palavra. A palavra, borboleta que esvoaça e, efêmera, regressa logo às cinzas.

Voo

Da série Informações Simples, Tão Simples que Não Constam no Contrato: a borboleta esvoaça, e, efêmera, regressa logo às cinzas. A ela, e a nós, só interessa o presente existir, o voo enquanto voo.

Finados

No último Dia de Finados, viajou até a sua cidadezinha. No cemitério, junto ao jazigo do pai, reviu as duas datas na lápide, restritas aos anos de entrada e saída: 1940-1983. Números exatos, de imediata memorização — difíceis de esquecer até para os desatentos. Algarismos comuns, fúteis para o mundo e para todas as pessoas que não são ele. Subtração que jamais cessa de arrastá-lo ao cerne do desamparo, à deriva diária, ao espanto que só a selvageria da morte pode produzir.

Ainda Finados

No último Dia de Finados, viajou até a sua cidadezinha. Junto ao jazigo da mãe, reviu as datas completas na lápide, dia, mês e ano: 08/05/1939-04/07/2011. Um dia qualquer de maio e outro de julho. O ano de chegada e o de partida, dispersos na memória dos tempos, como folhas ao vento. Entre o primeiro e o segundo, a vida dela inteira — sem a menção a que, em 1960, gerou um filho. Entregou-o ao mundo, como milhares de mães em todas as eras, e se foi, deixando-o com palavras que não podem dizer o que ele gostaria de dizer agora a ela (e que a ninguém importa).

Astros

Interessou-se, certa altura da juventude, por astrologia. E seguiu, por muitos anos, atraído pelas cartas celestes — atenção maior para os asteroides e os corpos desgarrados —, e, claro, pelas particularidades de seu mapa astral: Sol em Touro, ascendente em Escorpião, Mercúrio em Gêmeos, Marte em Áries, Saturno em Aquário etc., até a última casa, Lilith em Virgem.

Consultou numerosos astrólogos, o cálculo de todos eles da posição dos astros no mapa e seus ângulos eram rigorosamente idênticos — matemática precisa, invariável. Mas as interpretações, embora coincidissem em vários aspectos, pegavam por vezes direções divergentes. As diferenças de leitura não o surpreendiam, estava habituado ao universo dos signos, sabia de sua concreta opacidade e sua rara transparência.

Uma interpretação, no entanto, deixou-o atônito: o astrólogo não apenas apontou as influências dos astros em sua vida como em suas três últimas existências. Sobre estas, entrou em tantos detalhes, mencionando as cidades onde ele tinha vivido (Cairo, Beirute, Aranjuez), suas profissões (ladrão de camelos, mercador, hortelão), suas glórias (poucas, muitas, poucas), seus filhos (um, cinco, dois), até a causa de sua morte (tifo, assassinato, envenenamento). Na ocasião, ele havia publicado seus primeiros livros de ficção; saiu da consulta se sentindo, para usar um termo da astrologia, retrógrado. Aquele astrólogo, sim, era um ficcionista — fabuloso!

Bonita a definição de mapa astral: representação gráfica da posição dos astros no céu no dia e na hora do nosso nascimento — posição que nos influenciará ao longo da vida.

Como será o gráfico do dia em que ele partir? Qual será a influência dos astros durante toda a sua morte?

Curva

Quando soube, aos catorze anos, não havia solução: teria de conviver com a deformidade. O diagnóstico foi sem dor — a dor o aguardava anos à frente. Desvio acentuado na coluna vertebral. Congênito. Irreversível.

O defeito, contudo, livrou-o do serviço militar. Obrigou-o a desistir da prática de salto em altura e de corrida. Obrigou-o a aceitar uma perna mais comprida que a outra. Impôs o controle do peso, a reposição de cálcio, a escolha cuidadosa dos calçados.

Curvatura perigosa, de quarenta e cinco graus. Acima de cinquenta graus, cirurgia se houvesse compressão dos pulmões e do coração. Ainda não há.

Fisioterapia, RPG, pilates. Ora um, ora outro tratamento. Alternâncias paliativas, mas apaziguadoras. Dor e analgésico. Dor e analgésico. A vida toda. Até o fim. Partida, para sempre, a espinha da normalidade.

Assim foi e assim é. Não há solução. Apenas continuar amando as curvas: das estradas, das cordilheiras, dos argumentos (quando impostas pela poesia).

Reta

A curva de quarenta e cinco graus na coluna vertebral levou-o diretamente a torcer as limitações e, por meio delas, encontrou impensadas vantagens em sua rotina:

como não podia carregar muito peso, nunca fez grandes compras em supermercados e shoppings — libertou-se da cilada dos bens supérfluos;

como não podia levar muita carga, mesmo se dividida com outras pessoas, nunca se ofereceu — fingindo intimidade com o morto — para segurar uma alça de caixão;

como não podia arrastar malas grandes, sempre viajou com mochilas, às vezes uma bolsa de mão — a outra, livre, para sentir na palma a brisa do lugar;

como sentia dor ao realizar as práticas religiosas — ajoelhar-se na igreja, fazer a postura de lótus, sentar-se em roda —, foi fácil se afastar das instituições falaciosas;

como algumas posições sexuais o incomodavam, criou outras, também prazerosas, com a cumplicidade e a arte das mulheres — que, se o esqueceram (é o esperado), não as dispensaram na vida erótica (é o esperado);

como os músculos das costas doíam e a sola dos pés formigavam, não pôde brincar de cavalinho com os filhos — assim, nunca sentiu que eram um peso sobre seus ombros, sempre os segurou no colo, mirando-os face a face;

como andava ligeiramente de lado, compensou com uma palmilha no sapato a diferença entre a perna curta e a mais comprida.

Encontrou, também, compensação para outras diferenças. Para as abissais, que o perseguem, não.

Dois

As músicas favoritas:
Concerto para dois trompetes, Vivaldi.
Concerto para dois oboés, Vivaldi.
Concerto para dois violinos e dois violoncelos, Vivaldi.
Concerto para dois violinos, Bach.
Concerto para dois pianos, Mozart.
Concerto para flauta e harpa, Mozart.
Concerto para piano e violino, Mendelssohn.
Concerto para violino e violoncelo, Brahms.
Concerto para dois pianos e orquestra, Francis Poulenc.
Concerto para dois pianos e orquestra de corda, Radamés Gnattali.
A paixão pelos duetos. E, no entanto, ele sempre solo.

Renúncia

Umas palavras a mais sobre a terceira mulher, que poderia ser e não será: ela não sabia se expressar direito, a não ser com seus atos, que, em verdade, diziam o mesmo que ela não era capaz de articular verbalmente. Mas ele vive da escrita e, um dia, se viu instado a traduzir, por meio da linguagem, as ações dela. Apenas duas frases, simples, mas legítimas. A primeira: "Beberei suas lágrimas, para secar imediatamente a tristeza em seu rosto". A segunda: "Lamberei suas feridas, se for preciso, para suavizar sua dor".

Ele lamenta não ter a vitalidade imprescindível para um novo amor. Lamenta as águas generosas dessa mulher, que molhariam sua terra (há anos) seca. E o mais triste: a lágrima que lhe desce pelo olho não será sorvida por ela, cuja língua, também, não amenizará as velhas feridas dele, nem esta que ora (pela sua renúncia) se abre.

Circular

Garoto, movia devagarinho o baleiro de vidro do bar, procurando em seus gomos esféricos e translúcidos a bala do dia.

Adolescente, observava seu círculo de amizade girando sobre o próprio eixo, para descobrir qual amigo sairia de sua vida.

Adulto, contemplava a roda da fortuna avançando em seu caminho, alheio ao tamanho da pedra à sua frente.

Velho, assiste ao redemoinho do presente, sem reclamar dos sonhos que a realidade expele.

Receita

Repetir, repetir, repetir. O mesmo sonho. Até que, sob a pele esfoliada do real, a verdade irrompa em carne viva.

Achados

No tempo, os custos de viver.
    Na memória, as noites de amor sem amanhã.
    Nas mãos, os grãos do ofício.
    Nos braços, as margens.
    No corpo inteiro, os sinais do fim.
    Nos ossos, as viagens do sol.
    Na consciência, os (poucos) acertos.
    Nos livros, os sobressaltos.
    Na linguagem, a palavra saudade.
    Nos sonhos, as pistas.
    No caminho, o evangelho dos riscos.
    Nesta história, umas linhas (talvez).

Perdidos

No tempo, os pais.
    Na memória, as noites de amor.
    Nas mãos, as linhas da vida.
    Nos braços, as margens.
    No corpo inteiro, os enlevos do começo.
    Nos ossos, as fraturas impostas.
    Na consciência, os erros (tantos).
    Nos livros, as horas mortas.
    Na linguagem, a palavra verdade.
    Nos sonhos, os êxtases.
    No caminho, o alfabeto da traição.
    Nesta história, muitas linhas (com certeza).

Correntes marítimas

Geografia: a disciplina que mais o fascinava. Talvez por um motivo: levava-o, não apenas aos sítios da Terra, mas aos lugares imaginários. Sentia-se habitante de lá: de uma nação perdida, que o obrigara a se exilar no mundo físico.

O professor: soberano, em sua forma de avaliar, lecionava por meio de tópicos, que ditava, enquanto caminhava pela sala de aula.

Dez desses tópicos caíam nas provas: defina-os com as suas próprias palavras.

Eram mais de cinquenta: para entender ou decorar.

Alguns conceitualmente breves: rio, agrimensura, minuano, latifúndio.

Outros longos: colonização, povoamento, bioma, litosfera.

E o mais temido: correntes marítimas.

Porque era o maior: dez linhas de explicação.

Ele guardou na memória: como se fosse a fala fundamental de um ator ao subir no palco.

Correntes marítimas: *fluxos de água com características comuns que se deslocam ao longo dos mares, como a salinidade, a cor e a temperatura, distribuindo calor sobre a superfície oceânica e influenciando o clima do planeta. Em virtude do movimento de rotação da Terra, circulam em sentidos diferentes entre os dois hemisférios. Definem, assim, o deslocamento de várias espécies de animais marinhos, contribuindo para o equilíbrio dos ecossistemas oceânicos e para atividades econômicas como a pesca. São quentes, como a do Brasil, das Guianas e do Golfo do México, ou frias, como a de Humboldt e a Circumpolar Antártica. Possuem velocidade baixa, geralmente de cinco a dez quilômetros por hora, mas são constantes e impulsionam as embarcações que navegam na direção em que se movimentam.*

Guardou na memória e, agora, se pergunta: para quê?

Estranho: o repositório no qual todos nós deixamos, mesmo sem querer, palavras e vivências, supérfluas ou essenciais. Por sorte, mesmo que demorem, os fluxos do esquecimento um dia as solapam: como, aliás, tudo.

Lenta: lentamente.

Fortuna

Num fim de semana, pôs-se a faxinar as gavetas, os arquivos, as pastas suspensas de seu escritório.

Encontrou vestígios de quando atuava como redator publicitário. Foi profissional abnegado, mas menor; e até os menores alcançam glória correspondente (em que pese a anuência de quem a conceda). Havia anos queimara seu portfólio. Talvez encontrasse, em sites de busca, algumas peças de campanha que redigiu. O tempo mói com sofreguidão montanhas de ferro, que dirá obras vindas ao mundo já inexpressivas...

Encontrou, também, materiais didáticos que produziu como professor. Restos fugitivos, que se ocultaram, sobreviventes da impiedosa limpeza que ele fizera ao se aposentar. Gasolina azul para as labaredas. Amara lecionar, mais pelo que aprendia do que pelo que ensinava. A inexplicável metamorfose: iniciava a aula triste, a voz baixa, mirando as paredes alvas, e terminava eufórico, aos brados, lendo o rosto dos alunos.

Quanto à abnegação pela literatura, suas obras estão aí, vivas e acessíveis: ao leitor e ao fogo.

Encosto

Com a curvatura de quarenta e cinco graus na coluna, a corcova se eleva no lado direito das costas. Assim, não consegue se ajeitar plenamente em nenhum encosto. Seja na cadeira de casa, na poltrona do cinema ou do avião, quando se senta, a parte saliente atinge primeiro o espaldar, impedindo a outra de alcançá-lo, a não ser que se ponha de lado. Em postura reta, nunca as duas metades de suas costas sentem (nem sentirão), em simultâneo, o encosto por inteiro. O mesmo se dá quando ele se deita, seja no sofá, no tapete, na relva: apenas a giba pode roçar totalmente a superfície, o lado oposto mal a toca — e, ali, é imprescindível dizer, se molda um vão. Ele registra aqui essa informação por dois motivos: primeiro, porque, ainda que seja um estratagema semântico, é também uma forma de provar que nunca foi de se encostar (direito) em nada, muito menos nos outros; e, segundo, e mais relevante, é um alerta para que ninguém, numa maca, cama de hospital, ou em seu ataúde, tente colocá-lo em posição perfeitamente plana, nivelando-o como um homem ~~(neste quesito)~~ qualquer.

Ocupação

Alguns documentos bastam para informar o essencial.
 Nas primeiras fichas de hotel, contratos de locação e abertura de conta bancária: redator de propaganda.
 Vinte anos depois: professor universitário.
 Nos papéis mais recentes: escritor.
 Outras fontes.
 Na certidão do primeiro casamento: redator de propaganda.
 Na averbação do divórcio: professor universitário.
 Na certidão do segundo casamento: professor universitário.
 Na averbação do divórcio: aposentado.
 Fontes divergentes.
 Na Wikipédia: redator de propaganda, professor e escritor.
 Na Enciclopédia Itaú Cultural: idem.
 Sem memórias póstumas.
 No modelo antigo de certidão de óbito havia o campo conjunto "filiação, residência, profissão". No modelo novo, suprimiram a palavra "profissão".

Adereços

Os hormônios na juventude, o contato com culturas distantes e a influência das leituras místicas o impeliram a tratar o próprio corpo como tela, superfície espelhada, folha em branco para sacralizar sua escritura.

Sua era paleozoica foi a das tatuagens nos braços, dos brincos numa das orelhas, dos anéis de alpaca, dos relógios de pulso, das pulseiras protetoras, das gargantilhas de ouro, dos amuletos com a pedra de seu signo, dos perfumes produzidos com gotas de seu suor.

Mas os dilúvios, os cataclismos e as avalanches se sucederam, solidificando o seu estágio cenozoico, que desabou as suas velhas edificações e comanda o seu presente. Nele, apenas as dobras das rugas, as cicatrizes preciosas, o evangelho escrito em sua pele, livre de penduricalhos, purificado das purezas, digno e altaneiro em sua queda.

Providência

Não lhe cabe mais a providência divina, só a própria, humana. Daí porque, depois da grande faxina, ele decidiu arquivar as ofensas, as injustiças e as humilhações que sofreu. Melhor do que deixar alguma mágoa à vista, dispersa sobre a mesa, como uma conta vencida.

Garoa

Desde o útero materno, o mantra mais amado: a garoa de madrugada.
    E, assim, sempre.
    Até aqui.
    E agora: nesta noite de mansos acordes.
    Desperta, súbito, para a melodia primordial.
    Ausculta devagar o coração líquido do tempo.
    Depois, ao amanhecer, o mundo molhado lá fora.
    O mundo recém-nascido, úmido de silêncio.
    E o novo dia, como uma dádiva.

Querer

Os pais desejam o máximo para os filhos — incluindo o impossível: que o mundo lhes revele os segredos mais absconsos; que se alegrem com a existência e, como terão de conhecer a dor, que a experimentem em escala menor que a de seus antecessores.

Mas ele, na condição de filho, desejava o máximo também para seus pais — incluindo o impossível: que se regozijassem de novo como nos tempos em que a mãe o velava no berço; que não fossem arrastados como o pai tão cedo pela correnteza do tempo à foz fatal.

Os desejos de uns e outros, contudo, se espatifaram na rocha do adeus definitivo. A vida sem direito a replay permite apenas, em seu turno, a realização de pequenos quereres. A vida é dada para ser perdida.

Enquanto

Pelo exercício frequente de penetrar no reino das palavras, depara-se às vezes com alguma que o absorve: "enquanto" foi a que lhe sequestrou a atenção, nesta manhã, ao se sentar à mesa de trabalho.

Refletiu que "enquanto" designa ações simultâneas, de sujeitos e objetos distintos: enquanto o silêncio se expressa, o som se cala; enquanto as nuvens se movem, o horizonte permanece hirto; enquanto as naus se espraiam, o mar as abarca; enquanto o desejo se impõe, a renúncia obedece; enquanto o projétil viaja, o alvo o aguarda; enquanto os jasmins se abrem, as narinas se fecham para outros aromas.

Mas "enquanto" também resulta em separação inevitável entre sujeitos e objetos: enquanto um pássaro voa, outro não pode voar, a não ser que seja em direção contrária; enquanto o sol arde intensamente, a flor morre com a virulência de seus raios.

Enquanto o tempo anda preso, ela desanda a divagar. Enquanto muitos se machucam de passado, ele busca se curar das recordações.

Enquanto ele está sentado, diante do computador, quieto e preso no casulo da escrita, dando vida a seus personagens — e a ele mesmo —, a Terra, em rotação, gira no espaço sideral, onde bilhões de estrelas, distantes a anos-luz, morrem, gerando explosões inaudíveis.

Enquanto ele, o mundo. Enquanto o mundo, ele. Enquanto o contrato. Enquanto a vida. Enquanto.

Direito

Não exigir jamais de ninguém (incluindo os filhos) a reciprocidade do amor, para que o amor não seja um dever — todo dever obriga à falsa retidão, à ação interessada, ao seu rompimento;

    não exigir jamais do outro (mesmo o outro que há nele) a reciprocidade da gratidão, porque é vã a ação por devolutiva e porque não se retribui ao credor com moeda que não lhe serve;

    não exigir jamais de ninguém a mesma análise de mundo, a mesma seiva de sofrimento, o mesmo desgosto pelo vazio, porque só há um lugar no círculo do destino que nos cabe ocupar;

    não exigir jamais de ninguém (nem de si) a impulsão do ânimo, a tônica redentora das crenças, a forçada ação positiva, porque a ingenuidade é tão destruidora quanto a sabedoria.

Sapatilhas

Num sábado, quando a filha veio passar o fim de semana com ele, depois dos abraços, as sapatilhas vermelhas que ela então calçava, desde as primeiras aulas de balé, atraíram seu olhar: estavam rotas e o dedo maior dos pés saía pelo furo das pontas. A tristeza, mais rápida que a explicação, estremeceu-o e se irradiou até a medula.

Já ia culpar a ex-mulher e a si mesmo por aquele desmazelo — a separação os empobrecera, embora não a ponto de deixar a menina com sapatos-em-farrapos —, mas ocorreu-lhe perguntar por que ela estava usando as sapatilhas rasgadas. Assustou-se ao ouvi-la responder: "Porque foi você quem me deu, vou ficar com elas o dia todo".

Gastaram as horas juntos, na harmonia possível entre um velho e uma criança. Ao fim da tarde, antes do banho, ela tirou as sapatilhas com alívio, deviam estar incomodando, mas suportara a dor para agradá-lo — era quem era, filha dele.

Na tarde de domingo, depois que a menina foi embora, rebobinou na memória a imagem dos dedos dela na ponta perfurada das sapatilhas — de sua resposta a respeito daquele sacrifício. Também a vida (que ele se dera) estava rasgada: pelos furos transpareciam os seus desenganos, mas não tinha como substituí-la — urge seguir com ela.

Passos

Quando vivia junto com a menina, e a família se desfazia sem que percebessem — ele e a mulher não logravam deter as águas das desilusões, e, da vida em comum, enfim, só restaria depois uma poça de lembranças —, mesmo em meio ao processo de dissolução, havia espaço para ocorrências inesperadas que arrebatavam sua lógica e, de repente, inundavam-no de espanto.

Assim foi naquela tarde em que a filha voltou de uma das primeiras aulas de balé, de mãos dadas com a mãe e com o contentamento. Ainda vestida com os trajes de bailarina (o collant rosa e as sapatilhas vermelhas), os cabelos presos num coque, o rosto iluminado pela altivez, quis lhe mostrar o que aprendera e ensaiou à sua frente, no palco estreito da sala, uns passos desajeitados, enquanto repetia, com graça, *plié, grand plié, plié, grand plié*, e sorria, sorria para ele, movendo-se como uma bailarina de caixinha de música.

Fingia assistir a uma cena comum — insignificante para o mundo, mas histórica para sua memória —, escondendo a avalanche que em seu íntimo se anunciava. Imóvel, observando a menina nos primeiros gestos de aprendiz, sentia que ele também executava um *plié*, depois um *grand plié*, e outro *plié* e *grand plié*: os joelhos inteiramente dobrados, junto com ela, em reverência à vida.

Noites

A ausência cotidiana da filha em seu mundo o atirou a um vazio novo, cujo fundo não sentia chegar nunca à planta dos pés.

Até o último dia em que viveram na mesma casa, era ele quem a fazia dormir. O ritual iniciava com os dois em diálogo no escuro sobre as vivências do dia — ela na cama, diante dele (à sombra) na cadeira de balanço.

Depois, a pedido dela, contava mais um capítulo da história-da-menina-que-sonhava-chegar-ao-fim-do-mundo. A cada noite, voando numa nave espacial, a menina passava por um planeta, onde explorava a paisagem e se encontrava com seus habitantes, continuando na manhã seguinte o périplo em direção ao fim do mundo. A filha decidia o planeta a ser visitado — planeta-boneca, planeta-flor, planeta-brigadeiro, planeta-circo. E, imediatamente, ele se punha a inventar o relevo, as moradias, as criaturas do lugar e seus hábitos. Às vezes, a fim de levá-la a outros cantos do mundo do sensível, sugeria uma parada em astros menos luminosos: planeta-pedra, planeta-gelo, planeta-tristeza.

Embora a filha apreciasse a viagem de cada noite, ele nunca se animou a transpor a história-da-menina-que-sonhava--chegar-ao-fim-do-mundo para as páginas de um livro. Não lhe parecia boa (mas eis que o faz, aqui, em parte), senão para a sua menina.

Antes de dormir, no escuro de seu quarto, sente falta daquele momento sagrado: o diálogo com ela e o desafio de descrever um lugar fabuloso que a levasse sorrindo, suavemente, ao planeta-sono. Sente na planta dos pés o fundo do vazio, o fim-daquele-seu-mundo-de-contar-à-noite-histórias-para--a-sua-menina. Uma nova planície em seu planeta-ausência.

Explosão

A filha, num almoço de domingo, perguntou se ele iria morrer. Respondeu que sim, mas não naquele dia (apesar de não ter certeza). Era triste ser alijado do espetáculo da vida. Era triste ir embora e deixá-la por muitos anos sem a presença dele. Era triste ela ter nascido quando ele já era velho e, se a história fosse outra, os dois desfrutariam mais tempo juntos. Mas, também, era justo que se separassem — tinham aproveitado a chance de viver o amor — e deviam se alegrar por estarem ali, vivenciando o mesmo momento. Era essencial ela compreender que, uma vez morto, ele não sentiria saudades, porque para sentir é preciso estar vivo, e a morte consistia justamente em nada sentir. Não haveria dor para ele, que estaria no bem da não existência, e, assim, ela se apaziguaria e não sofreria a sua ausência. Assim, ela seguiria, como todos os vivos, carregando clandestinamente seus mortos.

Ela ficou em silêncio, mirando-o, após a explicação. E ele sentiu o que era ser frágil e impotente — ser, enfim, humano —, o que era dar a vida (e a morte) a alguém, o que era dar um presente para que o tempo, depois, o retirasse. Ela ficou em silêncio, mirando-o, do fundo de seus cinco anos. Sabia que ele a havia trazido ao mundo apenas para uma breve partilha. Era triste e talvez não fosse justo, mas era o que era. Continuou em silêncio, mirando-o, com seu parco entendimento. Então ele sorriu (como o pai sorrira para ele meio século antes) e a mais tênue felicidade os uniu, para sempre, naquele instante.

Iminência

Era aniversário do filho, e ele o convenceu a vir, na noite seguinte, sexta-feira, à sua casa, a menina também estaria lá e os três comemorariam juntos.

Foi lá fora esperá-los muito antes do horário combinado: a alegria, como um espinho, já o agulhava. Debruçou-se no muro, ao lado do portãozinho, e se pôs a observar o céu azul-escuro e a silhueta dos prédios em cujo topo se viam, acesas, as luzinhas vermelhas que indicavam local impróprio para pouso de helicópteros.

O bairro anoitecia. Os moradores retornavam do trabalho, o cheiro de diferentes comidas flutuava no ar e se misturava, exaltando a fome. Um carro estacionou na calçada em frente e, sob a lâmpada fria do poste, ele viu o filho sair com a mochila, não sem antes beijar a mãe ao volante. Abriu o portãozinho para recebê-lo e acenou para a primeira ex-mulher, cujas feições mal podia distinguir, quando outro carro parou. Era a menina, que chegava também trazida pela mãe. Ele e o rapaz se abraçaram e se desabraçaram lepidamente e foram ajudá-la a descer da cadeirinha, presa ao banco de trás. Cumprimentou a outra ex-mulher e pegou a filha no colo, enquanto ganhava um beijo dela. A buzina de um dos carros soou, em seguida a do outro, e ambos seguiram pela rua escura. Os sons das buzinas redesenharam na mente dele o rosto das duas mulheres que acabara de saudar. Eram amores mortos. Até mesmo as brasas do luto haviam se apagado.

Fechou o portãozinho e entrou em casa, os filhos já se abriam num diálogo que parecia não conter o abismo entre as duas gerações.

Tinha preparado um lanche com petiscos e bebidas que o rapaz apreciava e com as guloseimas favoritas da menina. Para ele mesmo, reservara uma taça de vinho — atingira o estágio no qual uma garrafa se tornara excesso perigoso. Mais uma subtração que o tempo lhe impunha.

Em torno da mesa, permaneceram quase uma hora, a comer e a conversar, assuntos de circunstância, deglutindo, cada uma à sua maneira, aquele encontro. Ele se sentia maior por ver os irmãos se bem-querendo, independente dos arranjos que faziam com as palavras para reduzir a distância entre os mundos, os dois se entendendo sem a sua arbitragem, os dois se divertindo apesar dele.

Agarrou-se àquele instante, feliz, prendendo-o com força, e só o soltou quando o sentiu se debater. Mas já o ganhara, e, como pedia pouco, para os seus padrões até que o instante se exorbitara.

Depois, sozinho, em seu quarto, quando os filhos já dormiam e a noite avançava, realegrou-se com a lembrança daquele ganho. Sabia que os perdia, os filhos explodiam de existência, e a cada dia iam embora um pouco mais dele. Estava no contrato. Eram seus amores vivos (vindos de amores para sempre mortos).

À beira do sono, ouviu o barulho de um helicóptero sobrevoar a vizinhança: imaginou-o, como a morte, desviando das luzinhas vermelhas no topo dos prédios, em busca (por ora) de uma pista de pouso mais adiante.

Sonhos

Ao despertar, nunca se lembra de seu sonho. Desde criança. Um terapeuta o tranquilizou, explicando que os sonhos eram dejetos psíquicos, produzidos durante o dia e expelidos, à noite, no sono. Outro, ao contrário, inquietou-o: quem não se lembra dos sonhos está preso à autocensura. A quem cabe a última palavra? Haverá uma verdade sobre a finalidade dos sonhos? Diagnóstico, tratamento e cura para quem não se lembra do que sonhou na noite passada?

A primeira mulher era igual a ele: não recordava sonho algum. A segunda era exímia sonhadora: toda manhã, acordava contando sonhos extraordinários, embora todos incompreensíveis, frutos de uma sintaxe estranha, diversa da que rege a consciência. Possuía dezenas de cadernos nos quais anotava os sonhos mais excêntricos. Uma prova, para ele, de que somos todos ficcionistas.

Antes, a cada manhã, sentia-se apreensivo com seu apagão noturno. Mas o desassossego foi se evaporando, como um devaneio. Se não se lembra dos sonhos, tampouco dos pesadelos. Eis o benefício de tal esquecimento. Já bastam os sonhos e os pesadelos da vigília.

Que venham as noites sem a obrigação de sonhar. As noites com a liberdade de esquecer.

Inútil

Dentre os sonhos (também) inúteis da vigília, um não o abandona: que, chegada a hora, não doa. Ele sabe que, passada a hora, não doerá nunca mais. Mas teme o momento (exato) em si. E não deveria: afinal, não tem doído a vida inteira? Por que a dor lhe pouparia no último instante? ~~Por que, justo antes do fim, o *continuum* da dor seria suspenso, quando o será imediatamente, e para sempre, um segundo depois?~~ Talvez falte aí um advérbio: que, chegada a hora, não doa *tanto*.

Se doer ou não doer, contudo, não haverá mais a vigília, nem o hábito de sonhar.

Simples

Tão simples, assim: o pai não conheceu o homem que ele se tornou. Ele não conhecerá a mulher na qual a filha se transformará. Tão simples. E tão triste. Tão comum no formigueiro humano. Tão repetitivo nas ramas de famílias mundo afora. Tão óbvio. ~~Tão previsível quanto provável.~~

Tão simples, assim: o pai não conheceu o homem que ele se tornou. Ele não conhecerá a mulher na qual a filha se transformará. Tão simples. E sem chance de apelação, sem possibilidade de reversão, sem concessão do destino. Apenas o cumprimento da data de validade, sempre oculta, mas secretamente estipulada no contrato de cada um.

Tão simples, assim: ele não tem o pai há cinco décadas. Ele tem a filha há cinco anos.

Mas ele tem o pai ao alcance pelos estratagemas da memória. Ele tem a filha ao alcance de seus erros presentes.

Tão simples, assim. E tão triste. E tão imensamente só seu. E tão, e tão, e tão...

Legado

Pelos casamentos rompidos, legou aos filhos a família partida, o vazio insolúvel.

Legou aos filhos essa existência duplicada, as fatias de tempo entre a mãe (os dias da semana) e ele (os sábados e os domingos), o Natal numa casa, o Ano-Novo em outra, as duas sandálias havaianas, as duas escovas de dente, os dois blocos de ausências, o tijolo duplo do silêncio, e, inescapavelmente, às vezes, a dupla tristeza (embora haja também a chance do duplo contentamento).

Entristece-o que sejam filhos dos desencontros humanos, dos abismos cavados a quatro mãos pelos casais, dos atos equivocados de suas mulheres, dos erros recorrentes dele próprio. Entristece-o que sejam filhos do amor (e, em seguida, do desamor), das vias já inacessíveis ao perdão, do cotidiano enganoso dos relacionamentos conjugais. Entristece-o legar ao rapaz e à menina um morro onde a ausência atingiu o cume. Entristece-o legar aos filhos duas dores crônicas sem que, como compensação, possa lhes oferecer o remédio de efeito dobrado, capaz de cicatrizar a história ferida deles e regularizar a arritmia de seu próprio coração.

Olhos

Deu aos filhos mundos estranhos um para o outro, e aos dois cabe o direito de se alegrar ou não com as linhas sobrepostas, de igual linhagem, e o esforço de mover as asas para atravessar depressa o abismo.

Num entardecer de sábado, quando o rapaz veio vê-lo, abriu uma garrafa de vinho. Dispôs sobre a mesa umas azeitonas pretas, graúdas e suculentas — as preferidas de ambos —, compradas na feira do bairro. O filho, quando espetou a primeira para prová-la, fechou os olhos e a saboreou devagar, suspirando.

Lembrou-se da filha ainda bebê: quando dava o primeiro gole na mamadeira, fechava os olhos, como se aquele néctar sugasse toda a sua atenção, obrigando-a a evitar a vista ao redor.

Lembrou-se dele mesmo, nos tempos em que a avó o ensinara a comer frutas. Ao saborear a primeira uva verde, sem caroço, antes de atacar todo o cacho, fechava os olhos para sentir, concentrado, a sua doçura.

Lembrou-se das vezes em que esteve à mesa só com o rapaz, ou só com a menina, ou com os dois. Lembrou-se de que sempre saboreava a comida e a presença deles não só com a boca, mas com a memória.

Deseja que os filhos, ao menos nesse ponto, não aprendam a saborear também com a memória. Porque na memória o momento que é já *foi*, e dói, dói por não ser mais. Que degustem apenas o *é* do momento.

Semente

Até que um dia o fruto daquele conhecimento começou a amadurecer e, antes que apodrecesse na própria árvore, ele se viu no devir, mais do que no dever, de colhê-lo e provar de seu sumo.

A casca saiu fácil, e, no ato, da polpa fracionada emergiu o aroma da verdade.

A cada gomo, uma negação: nada de versículos, de parábolas, de salmos, de evangelhos, de litanias, de homilias, de rosários, de mistérios, de segredos cósmicos, de condutas para remissão dos pecados, de preces para salvação da alma. ~~Nada de milagres.~~

Na palma da mão, só aquele caroço — a condição humana —, semente para outras árvores nascerem no sim, e seus frutos, maduros, atingirem o saber do não.

Dogmas

Não paira sobre as águas o espírito de deus, mas a névoa fina das manhãs. O sol que os olhos veem continua na sombra da retina. Como os dias, a ação das palavras ergue mundos e os arrasta às ruínas. É na periferia do silêncio que vivem as conversas inauditas. Nenhum texto nasce íntegro, toda narrativa é esforço entre razão e sentimento para dar sentido aos retalhos que consubstanciam sua história. As voragens inspiram, mas são devoradoras. É trabalho da vida luzir e se apagar, ascender e se afundar, como é trabalho do vento misturar as folhas secas no chão e as nuvens no céu. O retábulo dos homens é a terra. Onde há brasa, houve ardor. Sonhos e arados: sinônimos. Certas carícias rasgam.

Gostaria que fossem dogmas falsos. Mas o concerto do tempo, ao longo das mais de quinhentas mil horas correspondentes à sua idade, comprova que são verdadeiros.

De joelhos

E agora, contra a ordem dos fatos, ela está viva, a mãe. E ele, menino, deitado em seus joelhos, ouve-a ler a história de um livro. E fecha os olhos. E se acalma com o som conhecido daquele coração e se extasia com o cheiro daquele corpo acolhedor.

E, no saltear dos anos, agora a menina, a filha, está deitada em seus joelhos, ouve-o ler a história de um livro. E fecha os olhos. E talvez se acalme com a voz dele e se extasie com presença de seu corpo acolhedor.

E ele não sabe o que pensar do destino, e de sua memória que duplica a mesma cena em tempos díspares, alterando os personagens e o mantendo no centro da trama.

E ele só cogita que a morte vai lhe levar tudo, mas, antes, não o impediu de viver uma história com sua mãe e sua filha, uma história que agora ele escreve para sempre aqui.

E mesmo que este livro vá para a lixeira universal, a cena está gravada nos olhos do espaço-tempo, onde os acontecimentos vividos não podem ser alcançados pela morte. A morte leva tudo, mas, antes de agir, tem de se ajoelhar ante a vida e esperar que ela se realize, inteiramente.

Duas cenas

1.
Deitava-se no sofá e fechava os olhos. A mãe, na cadeira de balanço, ao lado. Ele fabricava sonhos, ela remendava roupas. O silêncio cerzia a calma dos dois. Afundava-se num reino aconchegante e feliz, e, quando abria os olhos, vindo do fundo daquele território, ele a via ali, e o mundo era seguro e a existência o velava, como o olhar da mãe.

2.
A filha se deitava no sofá e fechava os olhos. Ele, na cadeira de balanço, ao lado. Ela talvez fabricasse sonhos, ele remendava alegrias. O silêncio talvez cerzisse a calma dos dois. Quando a menina reabria os olhos e o mirava, talvez estivesse retornando de um reino aconchegante e feliz. O mundo não era seguro, nem a existência; mas ele, pai, velava-a com o olhar.

Diáspora

Houve o tempo do descobrimento — quando ele era um território totalmente desconhecido. Depois, veio a povoação, vagarosa e não por inteiro, restrita a seus cantos mais evidentes, deixando extensos vazios. Em seguida, o ciclo das muitas tentativas (algumas brutais) de colonizá-lo. E, como é inevitável, um e outro duradouro assentamento.

Anos atrás, num movimento (senão ordenado) inegavelmente uníssono, as pessoas começaram a ir embora dele. Ao pressentir a dimensão da diáspora, passou a apoiá-las, aproveitando para abandonar outras nas margens do esquecimento.

Ignorou se a dispersão se dava de modo natural ou pela força motriz da velhice, mas constatou que, talvez impulsionados por aquele deslocamento em curso, alguns sentimentos também iam se exilando dele, em busca de gente ativa, nas quais pudessem se manifestar, de novo, plena e intensamente.

Na mesma direção, partindo de seu corpo, onde não mais encontravam abundância de vida, encaminharam-se alguns desejos, solitários ou em grupo, e, mesmo enfraquecidos, seguiram à procura de outra alma prometida.

Assiste aos fluxos emigratórios e sabe que não há como evitá-los, nem se alenta. Conhece suas terras — as devolutas, as arrasadas, as ermas — e só tem amor pelo roçado, ainda fértil, onde pendulam seus dois filhos.

Amém

Em todas as idades, viu-se assediado pelos seres superiores: o Deus-pai-onipotente, os deuses do Olimpo (sobretudo Mercúrio), os semideuses (Prometeu, seu preferido), as divindades hindus (Ganesha, a quem foi fiel), as entidades titânicas (o eterno devotamento a Kairós e a gratidão a Cronos).

Em graduação inferior: Superman, Batman, Hulk, Homem-Aranha, Flash Gordon, Starman, Capitão América, Aquaman, Homem-Fluido e outros que já havia esquecido — consultou a internet para relembrar seus nomes e inserir neste fragmento.

Mais abaixo na escala: os gurus vivos e os mentores mortos, os mestres amados, os gigantes literários (Faulkner, Pessoa, Rosa).

E, agora, a descrença em todos eles com seus fascinantes poderes. A plena reverência à legião (à qual pertence) daqueles que só contam com suas pobres forças humanas.

Reprodução

Os números são constelares: o corpo humano possui trilhões de células. Diariamente quatrocentas e trinta trilhões delas morrem e outras trilhões nascem. A divisão celular é a usina silenciosa da vida. A vida divide para continuar. Mas continuar resulta em pequenos erros genéticos, que passam para as células-filhas. A soma dos danos, durante décadas, impedirá um dia que as células sigam se reproduzindo. É quase o fim. Porque a última célula do corpo demora trinta e sete horas para morrer.

Os números são brutos: depois de quarenta e cinco anos, perde-se cinco por cento de massa óssea a cada década. Os ossos da face se renovam a cada dois anos; aos cinquenta, o crânio está na sua 25ª cópia. Aos sessenta, as pupilas dos olhos têm apenas um terço do tamanho que tinham aos vinte.

As células dele continuam se dividindo — ei-lo aqui, escrevendo! —, e, assim, renovam o seu estremecimento pela vida, o desejo de ver sempre mais os filhos, as angústias renitentes.

Certas coisas, todavia, pararam, há muito, de se reproduzir nele: as vontades vãs, as gentilezas falsas, os idílios traiçoeiros. A sucessão de danos que causaram — maldade benigna — já suspendeu a ação letal das células em seu espírito.

Amor

O amor copia o comportamento das células do corpo humano.

O amor de um casal morre e renasce todos os dias. Suas células-mães se dividem, gerando as células-filhas, que carregam danos mínimos, inerentes à natureza da reprodução. Chegará o tempo, pelo acúmulo das imperfeições, que o amor não mais se renovará.

O amor entre ele e a primeira mulher brotou e, anos depois, terminou. Idem, com a segunda mulher. Em ambos os casos, a capacidade de reprodução das células do amor se esgotou antes que ele pressentisse o fim. Manteve-se, no entanto, dentro da média da espécie.

Conhece casais que continuam juntos, mas o amor está morto e sepultado. Não os julga, nem os culpa; impossível viver sem arrastarmos os nossos mortos — o pai e a mãe seguem com ele, e assim há de ser até que a última célula morra, trinta e sete horas depois da parada irreversível.

Viver, como se nota nas letras menores do contrato, obriga à convivência com fantasmas. E há quem se deleite com a presença deles mais do que com a dos vivos.

O amor, à medida que vive, gera a própria morte. Sorte daqueles cuja vida termina quando o ímpeto de amar está ainda se renovando.

Ele pede generosidade ao destino: que a reprodução das células de seu amor pelos filhos demore para cessar; assim, morrerá amando-os.

Exames

Desde os quarenta e cinco anos, a pedido do médico, faz uma bateria de exames — análises clínicas, ultrassonografias, ressonâncias magnéticas. Vez por outra, algumas alterações são notadas e, de imediato, corrigidas com remédios, alimentos, mudanças de hábitos.

Se o fim não o surpreender de forma fulminante, se não for de repente — uma veia entupida que arrebenta, um acidente aéreo, um vírus letal —, terá de se confrontar com a notícia transformadora: o momento em que, abrindo um simples envelope, encontrará uma previsão segura, embora imprecisa, da data na qual o seu contrato expira.

A sentença, até então sigilosa no corpo, será anunciada numa folha de papel — não amarelo como este, pólen soft 80g, mas numa alva folha A4 de sulfite 75g.

Os dramas (e as tragédias) têm seu lado prosaico.

Estatística

A expectativa de vida em seu país é de sessenta e oito anos. Na região sudeste, onde ele vive, com mais recursos médicos (e econômicos), sobe para setenta. Nas serras gaúchas, a média é setenta e dois; em Veranópolis, setenta e sete.

Nessa aritmética, se suas células não crescerem desordenadamente, terá nos braços algum neto, vindo do rapaz. Ou uma neta, que talvez nem sequer pronuncie o seu nome, nem o diferencie na névoa esquecível dos primeiros anos de vida.

Nessa aritmética, certamente ele saberá quando a filha menstruar pela primeira vez. Com alguma sorte, estará na festa de seus quinze anos. Por uma concessão rara do destino, um salvo-conduto piedoso, poderá assistir ao seu ingresso na maioridade. Por um milagre, no qual não acredita, estará, encolhido e alquebrado, no fundo do auditório, admirando-a receber o seu diploma universitário.

Nessa aritmética, o número de medicamentos ingeridos diariamente para controlar os distúrbios da idade será três vezes maior.

Nessa aritmética, apenas um fator permanece invariável: sua inabalável fé na absoluta finitude.

Caminho

Da série Informações Simples, Tão Simples que Não Constam no Contrato: no caminho para ser ele mesmo, poderia ter se tornado outras pessoas. Mas como o caminho se faz passo a passo, não de uma vez, é ele quem delibera as rotas, corrige-as, pega desvios, perde-se em atalhos. Vai se fazendo e se refazendo para ser unicamente quem ele é.

Descaminho

No caminho, ele vai se fazendo, se refazendo — e se desfazendo. O caminho é também o descaminho.

Madrugada

Nem sempre, só às vezes (por ser experiência radical), permite-se a regalia de cortar a corda esticada da rotina — que o assegura de não desabar no despenhadeiro —, mantendo-se desperto até o coração da madrugada. Sob a luz do abajur da sala, quando não com ela apagada, na cadeira de largo espaldar, entrega-se ao fluir das altas horas. Ouve com atenção apurada os sons que se alternam: ~~o tranco do motor da geladeira;~~ o latido de um cachorro; um carro que passa na rua; o sussurro de sua própria respiração que diz, *aqui estás — vive o que tens de viver neste momento*. Sente a existência na palma da mão; ele, um homem nas entranhas da noite, totalmente esquecido pelo mundo, pelos filhos, por si mesmo — um (insigne) insignificante, entulhado de vazios, acolhido pelo silêncio, um ser à beira da maravilha do não ser, um ser sendo e, ao mesmo tempo, quase não sendo mais. Entre um ruído e outro, uma voz murmura: *vanprash!* A terra à espera, preparando a sua mortalha. E, no entanto, a sensação visceral de presença — ele, tão só uma forma resistente de vida, pulsando na escuridão do mundo.

Cura

~~Da série Informações Simples, Tão Simples que Não Constam no Contrato: a vida é ferida que não tem tratamento. Quando se torna chaga máxima, sobrevém — com a morte — a cura.~~

AS LINHAS DO FIM

Título

Inventário do azul. Porque o azul do céu não nos protege de dor alguma. Porque o azul do céu nos esmaga com sua arrogante imensidão. ~~Porque o fim é o paraíso das lembranças.~~

Fugidio

Da série Informações Simples, Tão Simples que Não Constam no Contrato: no portal do tempo, o passado está fechado; o futuro, aberto; à soleira, o instante fugidio.

História de amor

O editor deste livro (não o real, que ainda não o leu, mas o editor que lê cada página atrás dos ombros dele) aponta a falta de uma história de amor. Ele entende que a observação se refere ao pouco espaço concedido à sua relação com a primeira e a segunda mulher — com as quais viveu anos, e que lhe deram o rapaz e a menina. Pensou em ampliar os capítulos nos quais elas foram mencionadas; afinal, viveram momentos singulares, mereceriam a partilha com o leitor. Mas se convenceu, sem muita resistência, de que não é necessário: para que gastar páginas e páginas, se todas as histórias de amor são iguais?

A ciência prova que lembramos apenas 0,00000004% de cada hora vivida. Se lembrássemos de tudo o que vivemos, precisaríamos de um dia inteiro para recordar o dia anterior. A memória se atém ao sumo. E o sumo não é só a gota preciosa, mas também o resíduo permitido. O dízimo que ficou no fundo da caixa de contribuição. A riqueza (da esmola) acumulada.

Os relatos aqui narrados, nas páginas anteriores e nas seguintes, não passam da escrita (imperfeita) de 0,00000004% dos fatos vividos por ele. Para que roubar o tempo dos leitores com o que restou de um amor? Corrigindo: dois.

Quem ler este *Inventário do azul* não irá reter na lembrança mais do que 0,00000004% desta esfacelada história. Talvez menos, a depender do grau de empatia com a trama — e da capacidade de guardar miudezas.

Mais filhos

O editor também reclama que não narrou suas experiências como pai por duas vezes, em tempos distintos, e quase nada de seu convívio com o rapaz e a menina: apenas os apresentou em situações recentes, como se já nascessem (ao menos para o leitor) com a idade atual. Não há um antes — *mishoum* —, um quando os pegou no berçário, um agora alguém depende de mim.

    Houve uns fatos, típicos de toda crônica familiar, e outros invulgares, mas nenhum extraordinário. O rapaz, quando dava os primeiros passos, caiu na piscina de um hotel; ele o resgatou, sem heroísmo algum, o coração quase a se afogar no susto. A menina, engatinhando na cozinha, achou o caco de um copo quebrado, enfiou-o na boca e se pôs a mastigá-lo; ele notou o sangue escorrendo pelos lábios dela e, mesmo apavorado, conseguiu lhe arrancar o vidro do palato e evitar que o engolisse. O rapaz bateu com o nariz numa quina de mesa; ele o levou ao pronto-socorro, consolou-o, nauseado com o odor de éter, até que a enfermeira terminasse de dar os pontos (lá está a cicatriz, que ele, até no escuro, passando a ponta do dedo, reconhece sob as sobrancelhas do filho). A menina, ainda bebê, teve uma crise de asma, a mãe estava em viagem, ele passou três noites com ela no hospital, vendo-a espetada por agulhas e com falta de ar.

    Atravessou veredas com o rapaz, não apenas no Caminho de Santiago, mas no cotidiano menor em que escorre a maior parte da vida. O filho namora uma moça há algum tempo — o amor no processo intenso de morte e renascimento de suas células. A menina tem os olhos azuis do avô, está aprendendo a ler e a escrever. Ele, que respira palavras, sabe que ela, futuramente, encontrará na linguagem a encruzilhada entre a liberdade e a escravidão, as algemas e as luvas.

Houve (e continua havendo) inesperados contentamentos, mas se exime de narrá-los. Nem precisa se justificar. É soberano para escrever o que quiser, sobretudo por estar com os olhos voltados para a floresta — *vanprash!* —, o fim de sua jornada não está tão longe. Os 0,00000004% que restam na memória do que viveu (e vive) com os filhos só a ele pertence.

Respeita os ressentidos. Mas para que lhe cobram umas páginas, se um romance, como a vida, apoia-se em tantos vazios, se há sempre, em ambos, tanta falta de sentido?

Costume

Talvez, se morasse com os filhos, perceberia que se entristeciam frequentemente. Quando vinham à sua casa, não traziam as vicissitudes do meio da semana, a irritação dos embates cotidianos. Não que desejassem poupá-lo, resolviam os dilemas com o correr dos dias — e, quando o encontravam, só restava comentar as decisões tomadas.

Às vezes, tentavam disfarçar um desgosto recente, uma imediata decepção — principalmente o rapaz, mas ele percebia o esforço da farsa. Lembrava-se de seu pai, de reconhecer, pelo jeito de andar, quando estava triste.

Por isso, queria dizer ao rapaz e à menina: "Não se aborreçam, deixem que eu fique triste por vocês, por nós. Estou acostumado". Mas silenciava, amordaçado pela tirania da compaixão.

Sorte

Porque, de uma história triste, só restará na memória (dele e do leitor) 0,00000004% de tristeza.

Fiapo

Porque, de uma história feliz — não é o caso aqui —, também só restará da trama, na memória, 0,00000004% de felicidade.

Quantas?

Da série Informações Simples, Tão Simples que Não Constam no Contrato: depois de inumeráveis divisões, as células perdem a capacidade de se proliferar. A matemática celular não é igualitária, varia de homem para homem, mas é infalível para todos. Crescei e multiplicai! A multiplicação, no entanto, levará inevitavelmente ao zero. Quantas divisões ele (e quem o lê agora) ainda terá?

Faltas

Notou, enquanto urdia os retalhos deste livro, que faltava abordar temas ardorosos, como a sua posição sobre os regimes políticos, as suas preferências (e respectivas desilusões) eleitorais, os seus princípios éticos, os seus desalentos profissionais, as suas idiossincrasias.

Não é necessária mais que uma linha (acima) sobre eles. Estão todos acesos na sombra destes seus fractais.

Partida

Segundo os cálculos simples dos cientistas, o 0,00000004% de memória de um homem de sessenta anos — que viveu, portanto, vinte e dois mil dias (cada um com as suas vinte e quatro horas) — corresponde a cerca de oitenta minutos de lembranças registradas. Em menos de uma hora e meia, o sumo de sua vida inteira, o compacto de seus melhores e piores momentos. Tudo o que o esquecimento não foi capaz de reter no filtro de alta absorção. Oitenta minutos. Menos tempo que uma partida de futebol ~~(sem prorrogação)~~.

Revisão

Nada possuía quando assinou o contrato.
 E eis que (sem saber quando) chegará ao seu término com quase o mesmo: uma vida de espantos, inteiramente fragmentada pelo tempo, pelas aprendizagens — e pela palavra.
 O fim, como o princípio, será o verbo.

Útero

Da residência literária na Índia, trouxe os originais de um livro, que publicou anos depois, *Conto para uma só voz*. Trouxe incensos, lenços de seda, estatuetas de Ganesha, que o desencanto posteriormente o levou a abandonar. De lá, guardou algumas palavras novas.

Uma delas, "vanprash": aquele que se volta para a floresta. Aquele que começa a avançar rumo à solidão plena, à condição única de ser, ao útero à sua espera. Não o útero da mãe, retorno impossível, mas o seu próprio, cavado para acolhê-lo no fim.

Virar as costas para o que antes o interessava e caminhar até a floresta, para mergulhar em seu núcleo. Voltar-se para dentro, antes do declínio total da energia. Distanciar-se da terra estranha, por onde vagou. Aprontar-se para as últimas linhas do contrato.

Por si

Vanprash.
    Então é a hora.
    Daqui em diante, caminhar dentro de si, por si, em suas vias interiores. A única peregrinação, de fato, transformadora.
    Deixar do lado de fora, como os sapatos à porta, as preleções grandiosas, os ideais ilegítimos, os desejos bastardos.
    Marchar sem a obrigação de nenhum resgate.
    Desfazer-se do que, por preguiça ou limitação, tomou de empréstimo do mundo — os modos, as regras, as palavras.
    Ser seu próprio buscador, sem fantasiar o encontro consigo, nem se culpar se não ocorrer.
    Renunciar à sedução das recompensas.
    Saudar as sensações vindouras, permitir que cresçam e cumpram seu reinado.
    Dar adeus, sem dor, às veredas percorridas e aos campos que só poderá contemplar à distância.
    Não lamentar as biografias possíveis, abortadas.
    Comemorar não ter sido outro que, por pouco, quase foi.
    Consentir com a extinção de sua assinatura.
    Desconsiderar, a cada pegada, o vir a ser.
    Permanecer imóvel, sem nada pedir ao vento.
    Arriscar tudo para ser apenas quem ele é.

Floresta

Penetrar na densa floresta e se replantar no punhado de terra que lhe cabe. Lá permanecer, sem que ninguém dê pela sua presença. Sem atrair olhar algum, nem almejar aura de singularidade. Como um arbusto, ou uma pedra, anônima e imperceptível. Um ramo de árvore que dispensa condescendência. Um líquen que não mendiga atenção. Uma flor que se oferece, insignificante, ao vento. Fluir-se para si, como um rio — sem definir suas margens, nem arrasar suas profundezas.

Desamarras

Não poderia voltar à floresta só com os pés esquecidos das jornadas anteriores, mas também com as mãos livres de luvas e os pulsos de algemas.

Pegou os mapas astrais, que juntava desde a juventude, e suas respectivas interpretações, as estatuetas e os incensos dispersos pela casa, os livros de salmos e preces, toda a tralha mística, e colocou num saco de lixo.

Amortalhado o fardo daquele refugo, livre do luto de crenças há muito soterradas e das falsas asas sobre seus ombros, menos penosa será a caminhada.

Pernas

Apesar do desvio de quarenta e cinco graus na coluna, praticou, durante décadas, corrida de longa distância. Despertava de madrugada e saía a correr pelas ruas desertas da cidade. Distraía-se das vicissitudes concretas e das inquietudes imaginárias, ouvindo o som do tênis no asfalto, da respiração arfante, das batidas do coração. A alma, para não enlouquecer, pedia explosão ao corpo; o esforço físico desengaiolava a aflição, dando-lhe liberdade para se esfacelar no ar.

Depois, deu um passo — em retrocesso — e se lançou às caminhadas, às trilhas, às rotas peregrinas. Manteve-se em movimento, a baixa velocidade, a escoliose e as lesões nos joelhos freando o prazer do sprint e impondo o trote, a alma descontente mas resignada. Fez com o filho o Caminho de Santiago, o Caminho da Luz e o Monte Roraima. Sonhou até há pouco com a Trilha Inca, mas a considera inexequível.

Há meses, vem se movendo com dificuldade até dentro de casa, exercendo intensamente a arte de se manter sentado. Convoca para andar as outras pernas, da ficção. Estas, porém, como as físicas, acusam cansaço. As estradas, antes curtas, tornaram-se subitamente compridas, longas, intermináveis. Pegando-as, a cada manhã, tenta esquecer a sua extensão e, sobretudo, aonde vão dar.

Uma vista

Percebeu que o olho esquerdo não enxergava direito. Errou todas as letras da tabela que o oftalmologista apontou. Uma vista já comprometida.

Mas, com a outra, mira do fundo de seu ser a floresta lá adiante. Em breve, caminhará em sua direção. Sem medo de tropeçar, sem tristeza por perder a sutileza dos detalhes. Grato pelo que viu até agora. Consciente de tudo que não mais verá.

Árvores

Em seu itinerário, do *mishoum* ao *imetsum* (quando o alcançará?), tem cruzado com muitas metáforas sobre árvores. Houve um tempo em que colecionou histórias de árvores e de metáforas de árvores. A origem do pinheiro, com a morte de Pytis, entre outras lendas, o comove. Aprendeu a amá-las com a mãe, no quintal de casa, e assim até agora, quando, a cada manhã, vê como cresce bonito o cipreste que plantou em seu jardim. Nos espaços da poesia, o culto ao carvalho, ao eucalipto, ao flamboaiã se alastra, e corre como mato o exemplo das árvores que morrem de pé.

Tanto gosta delas que repete, repete, repete para si mesmo que as árvores não provam de seus próprios frutos. As árvores produzem para a terra, para os pássaros, para o homem. As árvores não desfrutam do frescor de sua sombra — alívio e delícia para o caminhante em fuga do sol. As árvores não se beneficiam de si e de nada que geram. As árvores seguem, do *mishoum* ao *imetsum*, impassíveis, humildes e — talvez — gratas pela existência que a terra, os pássaros e, às vezes, um homem, lhes concede.

Bom

Não sabe, nem saberá, apesar de todo o seu amor, se foi um bom filho para o pai (faltou-lhes o tempo do convívio).

Não sabe, nem saberá, apesar de toda a sua dedicação, se foi um bom filho para a mãe, sobretudo quando ela estava no hospital, em suas últimas horas, seguindo para o *imetsum*.

Não sabe se é um bom pai para o rapaz (que, no entanto, trata-o com afeto maior desde aquela noite em que ouviram a confissão do restaurador em Villamentero de Campos).

Não sabe se é um bom pai para a menina (talvez não haja tempo para ela dizer), mas o fato de brincar sempre com o ninho nos cabelos dele possa ser uma resposta.

O bom, como medida avaliativa, só é bom para diminuir, para arrasar, para entristecer.

Novo contrato

De um lado a Morte, a contratante; do outro lado ele, o contratado. As cláusulas estão lá, bem definidas, determinando os deveres e direitos de ambas as partes em relação à obra, com atenção especial ao prazo, que deve ser para todo o sempre. De posse da caneta, ignora quando a Vida vai lhe movimentar a mão para que assine este novo pacto — e assim se dissipe no eterno vazio.

Legado

Primeiro registro em seu cartório imaginário:
 Umas palavras de amor sussurradas na escuridão a dois.
 O rapaz e a menina, filhos de ilusões distintas.
 Os dias (tantos) passados no Hotel Solidão.
 As obras publicadas — tentativas de inventar asas e afastá--lo do abismo.
 Este livro — nova tentativa.

Legado

Segundo registro em seu cartório imaginário:
 O filho e a filha.

Legado

Terceiro e último registro:

Último desejo

A certa altura, começou a desejar que fosse sepultado em sua cidade natal, no jazigo em que enterraram seu pai. Mas pensou nos filhos, tarefa penosa e desnecessária para eles. O desejo, então, desviou de rota e lhe impôs a ideia de ser cremado. Anteviu os filhos, com a urna de suas cinzas, em frente a um braço de mar, e desistiu. Para que obrigá-los a uma cena edificante? Não estaria lá para checar se seu desejo seria atendido — desejo é prerrogativa dos vivos, ~~os mortos nada pedem~~. Não se pode querer na morte o que se quer em vida.

Cancelou o pedido. Os filhos estão livres para escolher ~~o que for mais fácil em suas exéquias,~~ o que for menos triste, conscientes (será preciso prepará-los) de que ele não desgostará nem agradecerá pela decisão tomada: igual ao desejo, o desgosto e a gratidão são forças vivas.

Belo

O trecho de um poema o embeveceu com a série de metáforas sobre a vida e sua formosura. Tão bela ela é, como um sim numa sala negativa. (Mas belo também é poder dizer, como ele, não, quando todos acham a mentira positiva.) Tão bela ela é, por ser uma porta abrindo-se em muitas saídas. (Mas, por ser porta, é bela porque sua entrada é livre.) Tão bela ela é, porque tem do novo a surpresa e a alegria. (Mas não deixa de ter, do velho, a surpresa da realegria). Tão bela ela é, como o caderno novo quando a gente o principia. (Mas belo também é o caderno quando a gente, que fez dele uma via, chega à última linha.)

Medidas finais

Há pouco, nesta manhã, mirou a estante, onde suas obras, cerca de quarenta, ocupam pequena parte de uma prateleira. Ergueu-se e foi medir o espaço com a régua. Oitenta e quatro centímetros. Na balança, seriam cerca de doze quilos de papel — que, no entanto, guardam toda a sua vida, ganha com as palavras e perdida para os anos. Duas maneiras de calcular o tamanho de seu canteiro no país da ficção.

Quantos centímetros ou gramas ainda acrescentará ali? Talvez dois centímetros ou trezentos gramas, correspondentes a este livro. Como se fizesse alguma diferença para os náufragos, para o mundo, para você, que o acompanhou até este ponto.

ESTA OBRA FOI COMPOSTA PELA ABREU'S SYSTEM EM ADOBE GARAMOND
E IMPRESSA EM OFSETE PELA LIS GRÁFICA SOBRE PAPEL PÓLEN SOFT DA
SUZANO S.A. PARA A EDITORA SCHWARCZ EM MARÇO DE 2022

A marca FSC® é a garantia de que a madeira utilizada na fabricação do papel deste livro provém de florestas que foram gerenciadas de maneira ambientalmente correta, socialmente justa e economicamente viável, além de outras fontes de origem controlada.